JÜRGEN ALBERTS

KAMERADEN SCHWEIN

EIN BREMER KRIMINALROMAN

Dieses Buch ist bei der Deutschen Nationalbibliothek registriert. Die bibliografischen Daten können online angesehen werden:
http://dnb.d-nb.de

IMPRESSUM

© 2022 Klaus Kellner Verlag, Bremen
Inhaber: Manuel Dotzauer e.K.

St.-Pauli-Deich 3 • 28199 Bremen
Tel. 04 21 77 8 66
info@kellnerverlag.de
www.kellnerverlag.de

Lektorat: Ann Britt Krüger
Layout: Annika Wendt
Umschlag: Jennifer Chowanietz
Gesamtherstellung: Der DruckKellner, Bremen

ISBN 978-3-95651-359-6

JÜRGEN ALBERTS, geboren 1946 in Kirchen/Sieg. Studium in Tübingen und Bremen, promovierte mit einer Arbeit über die BILD-Zeitung. Seit 1969 veröffentlicht er Prosa und war als freier Mitarbeiter bei Rundfunk und Fernsehen tätig. 1971 erhielt er das Stipendium der Villa Massimo. Er verfasste eine zehnbändigen Romanserie, die in seiner Heimatstadt Bremen spielt und im Heyne-Verlag erschien. Sie wird nun im KellnerVerlag neu aufgelegt.

Außerdem verfasste Jürgen Alberts historische Romane, darunter *Landru,* die Geschichte eines französischen Massenmörders aus den 20er-Jahren, wofür er 1988 den SYNDIKATSPREIS für den besten deutschsprachigen Krimi erhielt.

1

Schon zum dritten Mal ging Wolfgang Lindow an seiner Dienststelle vorbei. Er drehte Runden, eine, noch eine und wieder eine.

Ein warmer Januartag und alles war durcheinander, sein Kreislauf und seine Welt. Das Thermometer an der Apotheke zeigte 11 Grad, trotzdem war es nicht Frühling, sondern nur der Übergang von trockenem zu feuchtem Schmuddelwetter. Lindow hasste diese unentschiedenen Tage und dieses graue Einerlei, die Sonne war nicht mal für wenige Stunden zu sehen.

Die Beweise gegen den Bauarbeiter waren so dünn wie Seidenpapier. Und er hatte sie geliefert. »Denkt ein Unschuldiger überhaupt über seinen Aufenthalt zum Zeitpunkt eines Mordes nach?« fragte der Verteidiger. Ein Satz, der in Lindows Kopf kreiste.

Den Wall hinunter, Bischofsnadel zum Domshof. Der Bankenplatz, ein großer Platz umstellt von Banken, nur der Dom am oberen Ende, der ihm seinen Namen gab, machte eine Ausnahme. Aber wer wusste schon, ob es nicht ein Tempel der Händler war? Dann wandte er sich nach links, Violenstraße. Vorbei am Pfandhaus.

Ich habe die Beweise geliefert, aus denen der Staatsanwalt jetzt eine Täterschaft konstruiert. Die Beweise waren ein paar Widersprüche in den Aussagen des Bauarbeiters, ein paar widersprüchliche Zeugenaussagen und eine Konstruktion aus unbewiesenen Behauptungen. Aber der Bauarbeiter konnte sich nicht verteidigen. Er war stumm, blass, eingeschüchtert gewesen.

Wolfgang Lindow machte sein Übergewicht zu schaffen. Die kleinen Schweißperlen auf der Oberlippe wischte er mit dem Handrücken weg. Er zog den festen Mantel aus, den er am Morgen, nach einem Blick aus dem Fenster, für die richtige Bekleidung gehalten hatte. Sein gelichtetes Haar, kurz geschoren, nach Vorschrift, bedurfte bei dem leichten Wind einer ordnenden Hand. Er merkte, wie schwer der Wollmantel war.

Dann stand er wieder vor dem Gerichtsgebäude. Die steinernen Justiz-Skulpturen an der Außenfassade waren noch geschwärzt, obwohl der Krieg seit dreißig Jahren vorüber war. Die Frau mit den verbundenen Augen, ihre Waage niemals im Gleichgewicht.

Ich habe mich geirrt.

Lindow war sich jetzt ganz sicher.

Ich hätte keine Beweise gegen den Bauarbeiter liefern sollen, sondern solche, die ihn entlasten. Aber dafür war es jetzt zu spät. Einmal hatte der Bauarbeiter angefangen, leise zu schluchzen. Keiner der Herren in schwarzer Robe registrierte es, sie schauten weg, wenn sich einer gehen ließ. Emotionen störte die starren Regeln der Prozessordnung, dagegen hatte man noch keinen Paragraphen erfunden. Erst spät begriff der Bauarbeiter, dass es tatsächlich ernst wurde. Zu spät.

Lindow setzte sich wieder in Bewegung. Am liebsten hätte er seinen Wollmantel an das Gebäude gehängt. Ein Zeichen. Am liebsten wäre er zum Vorsitzenden Richter gegangen und hätte ihm noch mal den Fall aus seiner Perspektive erläutert. Aber damit überschritt er seine Kompetenzen. Kriminaldirektor Matthies, der mit seinen fünfundfünfzig Jahren nur vier Jahre älter als Lindow war, hatte ihn bereits mehrfach dazu ermahnt, sich nicht weiter um diesen Mordfall zu kümmern. Sie waren miteinander befreundet, hatten gemeinsam kriminalpolizeiliche Lehrgänge besucht, aber Matthies war die Treppe höher hinaufgefallen und spielte gerne den Vorgesetzten. Dennoch ließ Lindow sich nicht abhalten, wenigstens alle Prozesstage zu beobachten. Es waren ohnehin nicht sehr viele.

Die Tatsache, dass der Angeklagte vielleicht ein Homosexueller war, der niemals Frauen vergewaltigen würde, war eine Tatsache, die einer der beiden Gutachter als gegeben annahm, wurde aber vom Staatsanwalt mit der Bemerkung abgetan: »Sexuell verirrte Menschen sind im Moment des Affektes in der Lage, die Grenzen ihres sexuellen Handelns zu überspringen.« Die Plädoyers waren gesprochen. Und Wolfgang Lindow hatte einen Kloß im Hals, der immer größer wurde.

Diesmal wechselte er an den Wallanlagen die Richtung, er wollte durch den Park zurückgehen, auch wenn er keine Lust verspürte, sich an seinen Schreibtisch zu setzen. Der Fall Merthen, der seit einem Monat ungelöst vor sich hin dümpelte, interessierte ihn nicht mehr. Die Spurenakte war so dünn, dass man damit gerade einmal Fliegen jagen konnte.

Am Reiterstandbild, seit Jahren mit Graffitis übersät, musste sich Lindow entscheiden. Entweder machte er einen großen Bogen durch die Contrescarpe, am Theater vorbei, oder er stieg den Wall wieder hoch und stünde erneut vor dem Polizeipräsidium. *Heute beginnt der Rest des Lebens*, die grüne Farbe auf dem Sockel war noch frisch. Der Reiter, der sein Pferd führte, ließ sich von dieser Aufforderung wenig beeindrucken.

Wir sind doch nichts anderes als Hilfssheriffs. Wenn die Staatsanwaltschaft übernimmt, haben die das Sagen. Bei einer Weihnachtsfeier hatte Lindow sich diesen Gedanken mal erlaubt, er war den Kollegen sauer aufgestoßen. »Ich trinke auf alle Hilfssheriffs des ersten Kommissariats. Immer wenn's ernst wird, müssen wir den Fall abgeben. Prost Kollegen, lasst euch dadurch nicht stören.«

Lindow war ein Einzelkämpfer in diesem Kommissariat, ein Mann, dem Matthies die Fälle übertrug, mit denen er auf Pressekonferenzen zu glänzen gedachte: Fälle, die nicht innerhalb einer Woche gelöst wurden, keine leichten Kreuzworträtsel. Aber es waren auch die Fälle, an denen sich einer die Zähne ausbeißen konnte oder zumindest solange darauf herumkauen musste, bis sie die Staatsanwaltschaft verdauen würde. Dabei hielt Matthies große Stücke auf seinen Kriminalhauptkommissar.

Doch dass er ihn bei seinen Reden unterbrach, die er gelegentlich im Kollegenkreis hielt, dass er selbständig dachte, redete, ohne gefragt zu werden, dass er sich nicht abbringen ließ von seiner Meinung, auch wenn sie wieder mal völlig quer lag, das störte Matthies gewaltig. Obwohl im Mordkommissariat mindestens zwei Leute einen Fall zu behandeln hatten, im Einzelfall waren es oft zehnmal so viele, mit Lindow wollte niemand arbeiten. Es ging einfach nicht. Wie oft hatte Matthies Klagen gehört, Versetzungswünsche, »bitte nicht mit dem Lindow«, sie waren alle gleich. Mit Lindow zu arbeiten, das war etwa so, als müsse man nachsitzen oder Strafarbeiten machen. Natürlich kam es vor, dass Lindow in einer schwierigen Sache hinzugezogen wurde, aber dann musste man ihn schnell mit einer Spezialaufgabe betrauen, sonst konnte es sein, dass es in kürzester Zeit Krach gab.

Als er die schwere, geschnitzte Holztür des Polizeipräsidiums aufdrückte, kam ihm Ritter, der Kollege vom Raubdezernat, mit dem er jeden Donnerstag Skat spielte, entgegen.

»Tag, Lindow, e bissi spät zum Dienscht, gell.«

»Allzeit bereit, Raubritter.«

Lindow sah auf seine Uhr und stellte nicht ohne Befriedigung fest, dass bereits in einer halben Stunde Feierabend war.

Im zweiten Stock ging er hocherhobenen Hauptes an der offenen Tür von Matthies vorbei. Sein Chef sah aus dem Fenster und rauchte. Schade, dass er keine Stempeluhr für seine Untergebenen einführen durfte. Matthies wäre dann sicher glücklicher.

Sein Büro stank. Montags war es die frische Bohnerwachspolitur, die ihm die Putzfrauen antaten, dienstags war der Geruch trotz ständigen Lüftens noch nicht vergangen, mittwochs bis freitags rochen die Akten. Lindows Frau hatte früher die Angewohnheit gehabt, ihm einen Blumenstrauß ins Büro zu bringen. Damit war wenigstens für kurze Zeit die schlechte Büroluft überdeckt gewesen. Aber seit es in ihrer Beziehung kriselte, war es aus mit den Blumen. Es war Montag. Und das Bohnerwachs tat seine Pflicht.

Kaum hatte er sich an seinen Schreibtisch gesetzt, wurde die Tür aufgestoßen, und zwei Uniformierte schoben einen hageren Mann hinein.

»Was soll das?!« schrie Lindow, »das ist hier keine Asylanlaufstelle. Bringt den Mann raus.«

»Moment, Moment«, erwiderte der ältere der Beamten. »Das ist eine Vorführung. Sie wollten doch Herrn Kandel vernehmen.« Er machte Meldung. Wie beim Militär.

»Ach so.« Lindow erinnerte sich. Es war der Vertreter, der zur Tatzeit im Wohnblock der Frau Merthen gesehen worden war.

»Was hat er?« fragte er den älteren Beamten.

»Ihm ist nicht gut«, der Polizist blieb wortkarg.

»Setzen Sie ihn mal ab.«

Lindow half, Franz Kandel auf einen Plastikstuhl zu hieven.

»Krank?«

Der hagere Mann schwieg.

»Was ist los, Kollege … wie heißen Sie überhaupt?« Lindow wurde böse. »So kurz vor Feierabend. Können Sie ihn nicht morgen vorführen?«

»Wir gehen«, sagte der ältere Beamte nur und schob den jungen Polizisten vor sich her.

»Das ist doch die Höhe. Ich habe Sie gefragt, wie Sie heißen.« Mit einer Hand hielt Lindow den hageren Kandel auf seinem Stuhl, die andere griff an die Uniformjacke.

Durch einen kräftigen Schlag wurde dieser Griff gelöst. »Wir haben einen Mann zur Vorführung gebracht. Auftrag erledigt.«

Lindow verlor beinahe das Gleichgewicht.

Nacheinander verließen die Streifenbeamten das Büro.

»Können Sie nicht reden, Herr Kandel?« Lindow schüttelte ihn vorsichtig.

An seinem verzerrten Gesicht stellte er fest, dass Kandel starke Schmerzen haben musste. Vielleicht war er deswegen nicht früher erschienen. Mehrfach war Lindow in der Absteige gewesen, die sich als »Pension« ausgab. Kandel hatte dort ein Zimmer gemietet. Dreimal hatte er dem schmuddeligen Besitzer seine Karte gegeben und gebeten, dass Kandel ihn anrufen solle. Er werde als Zeuge dringend gebraucht. Aber er war nicht erschienen. Vielleicht war er krank gewesen.

»Herr Kandel, sagen Sie bitte, was mit Ihnen ist, ich habe nicht den ganzen Tag Zeit.«

Von dem hageren Mann war nur ein Stöhnen zu vernehmen.

»Brauchen Sie einen Arzt?«

Kandel schüttelte den Kopf.

Auch die schriftliche Vorladung hatte Kandel nicht beachtet. »Was ist mit Ihnen?«

Er war doch nicht zu krank, um den Mund aufzumachen. Vielleicht war er verstockt. Ein Vertreter, der nicht reden kann, ein seltenes Exemplar seiner Zunft. Der Hinweis auf ihn lag mindestens drei Wochen zurück. Ja, dieser Mann hatte Klinken geputzt, im ganzen Viertel, auch im Wohnblock der Frau Merthen.

Lindow traute sich nicht, den Mann loszulassen. Der würde glatt vom Stuhl fallen. Die graublauen Augen waren getrübt. Das Kinn schief.

»Soll ich Sie einsperren lassen, bis Sie reden?« Langsam war seine Geduld zu Ende. Auf jeden Fall ein guter Schauspieler, dachte Lindow.

Er rückte den Stuhl mitsamt der halben Portion durch das Büro und lehnte ihn an einen Aktenschrank. Unsanft drückte er Kandel gegen das Holz.

»Au«, zischte der Mann.

»Herr Kandel, wo waren Sie am 14. Dezember, zwischen achtzehn und vierundzwanzig Uhr?«

Keine Reaktion.

»Haben Sie meine Frage verstanden?«

Der hagere Mann nickte. Langsam.

»Können Sie nicht sprechen? Wie heißen Sie?«

Die Fragen wurden sinnlos. Hat keinen Zweck, aus dem krieg ich nichts raus. Er griff zum Telefon, um den Polizeiarzt zu rufen. Sollte der doch feststellen, was mit seinem Zeugen los war. Er hatte die Nummer noch nicht zu Ende gewählt, als Kandel sagte: »Die haben mich geschlagen, Herr Kommissar.«

Lindow hielt inne.

»Was ist?«

»Geschlagen.«

»Wer?«

»Die beiden.«

Lindow legte den Hörer auf die Gabel. »Welche beiden? Sie sprechen in Rätseln.«

Kandel blieb stumm. Er rutschte vom Stuhl.

Mit einem Sprung war Lindow bei ihm, aber er konnte nicht verhindern, dass der hagere Mann auf dem Boden aufschlug. Er schrie vor Schmerz.

Behutsam hob Lindow ihn wieder auf den Sitz.

Das passte zum Mordfall Merthen. Ein Zeuge, der nichts sagte. Außer der toten Frau war kein Beweis für einen Mord vorhanden. Natürlich keine Fingerabdrücke. Wenn ein Mörder Fingerabdrücke am Tatort hinterließ, dann musste man ihn allein schon wegen Dummheit einsperren. Eine Spurenakte dünner als Seidenpapier. Und jetzt dieser Schweigende. Ein so guter Schauspieler kann er nicht sein, dass er die Schmerzen nur simuliert. Die sind echt.

»Können Sie sich aufrecht halten, Herr Kandel?«

Lindow versuchte, das Gespräch wieder in Gang zu setzen.

»Ja.« Sein schiefes Kinn bewegte sich.

»Wer hat Sie geschlagen?«

»Die beiden Bullen.«

»Reden Sie keinen Quatsch, Mann«, entfuhr es Lindow, »das ist doch bloß vorgetäuscht.«

Während er das sagte, fiel ihm der Bauarbeiter ein. Sie hatten beinah die gleiche Statur, beide waren ziemlich hager. Der Bauarbeiter trug einen Schnurrbart, während Kandels Gesicht glattrasiert war. Das schiefe Kinn.

»Ich sage Ihnen, die beiden Bullen haben mich verprügelt!« Franz Kandel lehnte zusammengesunken an seinem Aktenschrank, der hellgraue Anzug, unpassend für diese Jahreszeit, war an zwei Stellen aufgerissen.

»Warum?«

Lindow nahm wieder seinen Platz hinter dem Schreibtisch ein.

Kandel zuckte mit den Schultern. Seine Miene war angespannt. »Wie ist es passiert?«

Keine Reaktion.

Lindow konnte sich zwar vorstellen, dass Streifenbeamte ab und zu auch ihre Befugnisse überschritten, das wäre nicht das erste Mal, aber dass sie einen Zeugen krankenhausreif schlugen, das glaubte er nicht.

Wenn er auch nicht simulierte, so übertrieb er doch ganz gewaltig, dieser Herr Kandel.

Der Kriminalhauptkommissar ging mit raschen Schritten aus seinem Büro, um den Polizeiarzt zu holen. Mit einem Blick stellte er fest, dass Matthies bereits nach Hause gegangen war. Ihm fiel ein, dass an diesem Abend der Betriebsausflug der Mordkommission stattfand. Da durfte er nicht fehlen. Aber wie wurde er diesen Mann wieder los?

Auch der Polizeiarzt war nicht in seiner Dienststelle. Die Sekretärin wusste, dass er schon seine Stammkneipe aufgesucht hatte und gab Lindow die Nummer. Er versprach, gleich zu kommen.

Lindow kehrte in sein Büro zurück. Hatte Kandel sich überhaupt bewegt?

»Jetzt reden Sie mal keinen Stuss, Herr Kandel. Bis der Polizeiarzt kommt, will ich genau von Ihnen wissen, was vorgefallen ist. Vergessen wir erstmal die Aussage zum Mordfall Merthen ...« Kandel schreckte hoch. Als wäre er kurz weggedämmert und nun wieder wach.

»Ich bin verprügelt worden. Glauben Sie's mir. Die beiden Bullen haben zugeschlagen.«

»Wann?«

»Vorhin.«

»Wo ist das passiert?«

»Vor der Pension.«

»Haben Sie Zeugen dafür?«

Kandel versuchte ein Lächeln, aber sein Gesicht spielte nicht mit.

»Sie können Fragen stellen, Herr Kommissar.«

Wenigstens redete der Mann.

Eine halbe Stunde später war der Polizeiarzt da. Mürrisch, weil er schon Feierabend hatte. »Und ich, was glaubst du denn, was ich mache, bezahlte Überstunden?«

Lindow fürchtete um seine Geduld.

Bei jeder Berührung des Arztes hatte Kandel aufgestöhnt.

»Der ist ganz schön alle«, sagte der Polizeiarzt, »wird in den nächsten Tagen mit blauen Flecken zu kämpfen haben.«

Lindow nahm ihn zur Seite. »Er behauptet, das sind Kollegen gewesen.« Er flüsterte, aber bemerkte im gleichen Moment, dass Kandel ihn gehört hatte.

»Den flick ich dir schon wieder zusammen, Wolfgang. Behalt ihn zwei Tage hier. Das wird schon wieder.«

Lindow sah Kandel an.

Der Polizeiarzt wollte gehen.

»Nein, ich denke, wir lassen ihn in ein Krankenhaus schaffen«, sagte Lindow mit lauter Stimme, »damit nachher keine Klagen kommen.«

Der Polizeiarzt zeigte ihm den Vogel. Aber Lindow bestand darauf.

Mit Kandel konnte er in der nächsten Zeit nicht rechnen. Er bestellte zwei Kollegen aus der Bereitschaft und eine Trage. So konnte er in Ruhe zum Betriebsausflug gehen, anstatt hier, unter sehr erschwerten Bedingungen, eine Zeugeneinvernahme durchzuführen.

Bevor er das Präsidium verließ, erfragte er die Namen der Streifenwagenbesatzung. Die wollte er sich zur Brust nehmen.

2

Helga Lindow kannte ihren Mann. Immer wenn er mit diesem Gesicht in der Haustür erschien, wusste sie, dass er nicht angesprochen werden wollte. Seitdem die beiden Kinder sich selbständig versorgten, arbeitete sie wieder bei der Post, Schichtdienst bei der Auskunft. So kam es vor, dass sie sich tagelang nur für Stunden in der Wohnung begegneten, dafür an anderen Tagen ständig auf der Pelle hockten. Wenn Wolfgang Lindow müde aus dem Dienst kam und ihn irgendetwas plagte, saß er manchmal stundenlang im dunklen Wohnzimmer, ohne ein Wort zu sagen. Helga hatte ein paar Mal versucht, ihn aus dieser Starre herauszulocken, aber sie hatte keinen Erfolg. Er war wie versteinert, verkrampft, in sich zurückgezogen.

Lindow hatte seinen Mantel noch nicht abgelegt, als er schon nach dem Telefon griff.

»Willst du was essen?« Helgas erster Versuch einer Kontaktaufnahme.

Lindow wählte.

»Ich hab dich was gefragt.« Seine Sturheit konnte sie ziemlich aufregen. »Hier Lindow, Mordkommission. Kann ich bitte Herrn Rapka sprechen? Ja, es ist dienstlich!«

Helga platzte der Kragen.

»Kannst du deinen Dienst nicht im Büro lassen? Ich hab' dir schon einige Male gesagt, dass das hier meine Wohnung ist.« Sie blieb neben ihm stehen.

»Herr Rapka, Lindow hier. Sie haben mir vorhin den Zeugen Kandel vorgeführt. Was war mit dem Mann?

»Was soll mit ihm gewesen sein?«

»Kollege Rapka, ich will eine anständige Auskunft. Sie müssen doch was bemerkt haben. Der war ja kaum noch bei sich.«

Lindow wollte sich nicht abwimmeln lassen, aber er dachte bereits daran, die Sache auf sich beruhen zu lassen, wenn ihm sein Kollege wenigstens eine plausible Erklärung geben würde. Vielleicht war Kandel gestürzt. »Widerstand gegen die Polizeigewalt.«

»Wie bitte?«

»Ganz klarer Fall. Widerstand gegen die Staatsgewalt.«

Helga schlug mit der Hand auf die Gabel.

»Bist du denn verrückt geworden? Das ist ein Dienstgespräch, verdammt noch mal. Ich muss das wissen.«

»Ob du was essen willst, hab ich dich gefragt. Und darauf will ich jetzt eine Antwort.«

Sie drückte immer noch die Gabel runter.

»Heute ist unser Betriebsausflug. Ich hab dir das vorgestern gesagt. Du wolltest mitkommen. Es gibt wieder Ochsenbraten und Kartoffelsalat.«

Sie gab das Telefon frei.

»Na gut, aber ohne mich, Wolfgang. Darauf kann ich verzichten.«

Helga Lindow ließ ihn in der Diele stehen.

»Auch noch Dienst nach Feierabend.« Sie verschwand im Wohnzimmer.

Lindow sah ihr nach. Es würde wieder einen neuen Krach geben, wenn er betrunken nach Hause käme. Er nahm sich vor, nichts zu trinken. Aber er wusste auch, dass er sich an diesen Vorsatz kaum halten würde.

»Wir sind vorhin unterbrochen worden«, sagte Lindow, als er Rapka wieder erreicht hatte, »mein Enkelkind hat das Telefon runtergeworfen. Was war denn nun los mit diesem Herrn Kandel?«

»Kollege Lindow, Sie wollten ihn vorgeführt haben. Wir haben den Auftrag ausgeführt. Mehr ist dazu nicht zu sagen. Soll froh sein, wenn er nicht noch eine Anzeige von uns kriegt.«

»Hat er sich gewehrt?« fragte Lindow leise. Er wurde langsam wütend.

»Mehr ist dazu nicht zu sagen.«

»Kollege Rapka. Was soll dieser Ton?«

»Wir machen die Drecksarbeit und hinterher werden wir noch dumm angemacht.«

»Ich wollte nur wissen, warum er sich gewehrt hat.«

Lindow bekam das Gefühl, dass die beiden Streifenbeamten erheblich über die Stränge geschlagen hatten.

»Ich möchte das Gespräch jetzt beenden.« Rapka hängte ein.

»Helga«, schrie Lindow, »kommst du jetzt mit?«

Er stieß die Wohnzimmertür auf.

Helga saß auf dem Sofa und studierte das Fernsehprogramm.

»Ich kann dir gern sagen, warum ich so sauer bin. Wenn es dich interessiert?«

Sie sah zu ihm auf und schob die Illustrierte weg.

»Kurz vor Feierabend bekomme ich einen Zeugen vorgeführt, der stumm gemacht wurde. Es sieht sehr danach aus, als ob die beiden Beamten, die ihn vorzuführen hatten, ihn verprügelt haben. Der Mann hat solche Schmerzen, dass er nicht reden konnte. Er ist ein wichtiger Zeuge im Mordfall Merthen.«

Helga war erstaunt, selten hatte sie ihren Mann so erlebt. Er konnte plötzlich aussprechen, was ihn bewegte.

»Was willst du tun?«

»Keine Ahnung. Mal sehen.«

»Aber du kannst sie nicht einfach so davonkommen lassen. Ich meine, das dürfen die doch nicht.«

»Dürfen, dürfen. Das kann die beiden ihre Stelle kosten. Körperverletzung im Amt. Wo denkst du hin?«

Lindow stand unentschlossen in der Tür.

Der Betriebsausflug.

Es war kurz nach neun.

Der Kriminalhauptkommissar ging wieder ans Telefon und wählte die Nummer des zweiten Beamten.

»Ja, ich weiß schon Bescheid. Sie wollen uns da was anhängen, Herr Kollege. Aber das lassen wir uns nicht gefallen. Damit Sie da ganz klarsehen. Dieser Kandel hat uns angegriffen, ohne dass wir ihm dazu Anlass geboten haben. Wir mussten körperliche Zwangsmaßnahmen anwenden. Das ist Vorschrift. Wir lassen uns nicht von Ihnen belehren, auch wenn Sie ein paar Dienstjahre mehr auf dem Buckel haben.«

Lindow fragte: »Haben Sie den Film gesehen: ›Ein Mann sieht rot‹?«

»Ja, sicher, toller Streifen.«

»Dachte ich mir.« Lindow legte auf.

Zwei gegen einen, Kandel wird keine Chance haben. Lindow nahm seinen Hut von der Garderobe.

»Willst du wirklich nicht mit?«

Helga hatte den Fernseher eingeschaltet. »Nein. Hab die Schnauze noch voll vom letzten Jahr. Und wenn du wieder besoffen bist, dann schlaf wenigstens in Karins Zimmer.« Und sei leise, ergänzte Lindow in Gedanken.

Er drehte sich um.

»Und sei leise, Wolfgang«, kam Helgas Echo.

Der jährliche Betriebsausflug zum Sechstagerennen, den die Mordkommission traditionell unternahm, war fester Bestandteil ihres Arbeitsjahres, daran durfte nicht mal Matthies rühren.

Sie hatten zwei Tische im Innenraum, umlagert von den vorbeiziehenden Besuchern, die sehnlichst nach einem Sitzplatz Ausschau hielten. Die Runden kamen in schneller Folge. Anfangs waren es kleine Biere, dann kam ein Korn dazu, anschließend wurde Ochsenbraten bestellt, dazwischen die Werbesprüche des Hallensprechers und das »Prositauf-die-Gemütlichkeit«, süddeutsches Schunkeln auf norddeutschen Bänken. Am unwichtigsten waren die Radfahrer. Mal trat ein Gaststernchen auf und trällerte einen Schlager, dann wieder der Sechstage-Gassenhauer aus Berliner Tagen, den alle mitpfiffen. »Hast du schon gesehen, in Halle 2, die dänische Oben-ohne-Band. Mann, das sind mal Titten.«

Lindow hatte sich standhaft geweigert, auch nur ein Bier anzurühren. Anfangs trank er Tee, später stieg er auf Mineralwasser um. Erst als Klaus Grünenberg sich neben ihn zwängte, musste er um seinen Vorsatz fürchten. Lindow hatte sich vorgenommen, Matthies in einem günstigen Moment zu erwischen und ihm zwischen zwei Runden von Kandel zu berichten.

»Du sitzt trocken, Wolfgang.« Grünenberg drückte ihm grinsend seinen Halbliterhumpen in die Hand.

Lindow schob ihn zurück.

»Macht er schon den ganzen Abend, unser Mönch, so kennen wir ihn gar nicht.«

»Bei dem weiß man ja nie.« Mettmann brüllte über den Tisch. Lindow mochte diese Art der Konversation, entweder man musste brüllen, um sich verständlich zu machen, oder man durfte schweigen.

»Hast du schon gesehen, wie gut Sercu fährt?« Grünenberg drängelte sich weiter auf die Bank.

»Wer ist Sercu?« fragte Lindow.

»Komm, Wolfgang, stell dich nicht dümmer als du bist. Sercu und Pijnen führen das Rennen an.«

»Ach so«, Lindow hatte begriffen, dass die Rennfahrer gemeint waren.

Die Halle tobte. Offensichtlich sahen diejenigen auf den billigen Plätzen tatsächlich etwas vom Rennen und interessierten sich auch dafür.

Dann bemerkte Lindow, wie Matthies sich von seinem Platz wegbewegte. Die schmallippige Blondine, die neben ihm auftauchte, war nicht seine Tochter.

»Moment«, er stützte sich fest auf Grünenbergs Rücken.

»Hans«, schrie Lindow.

Matthies reagierte nicht.

Lindow folgte ihm mühsam.

Sie wurden beide durch den langen Gang unter der Rennbahn geschoben.

Erst in der Schlange vor dem Pissoir gelang es Lindow, seinen Chef einzuholen. »Schade, dass du vorhin schon weg warst, Hans.«

»Musste mich noch umziehen. Wollte nicht im Anzug zu unserer Feier erscheinen.«

Matthies streckte die Brust raus, sein Smoking nahm Haltung an.

Lindow berichtete, was kurz vor Feierabend vorgefallen war.

»Ach, hier bist du«, Grünenberg war den beiden gefolgt.

»Hau ab, hier gibts nichts zu lauschen.«

Grünenberg, der bereits hochgradig angetrunken war, ließ sich nicht wegschieben.

Matthies erwiderte, dass er jetzt nicht im Dienst sei. Schnaps sei Schnaps und Arbeit Arbeit. Morgen könne man ja ganz in Ruhe darüber reden, und außerdem müsse er jetzt pinkeln.

Da kein Becken frei war, drückte sich der Kriminaldirektor durch die schwitzenden Männermassen zu den hinteren Toiletten.

»Wen haben sie zusammengeschlagen?« fragte Grünenberg.

»Das geht dich gar nichts an, Klaus.«

Lindow versuchte ihn abzuschütteln, aber es gelang ihm nicht. Er ärgerte sich, wie sein Chef ihn hatte abblitzen lassen, und er wusste auch schon, was Matthies ihm morgen sagen würde. Erst mal abwarten, das war immer so. Wenn er nicht genau wusste, was er tun sollte, dann riet er sich selbst, aber auch allen anderen, das beste sei, abzuwarten. Leider hatte er in vielen Fällen sogar recht damit, was Lindow besonders bedauerte, denn dann hielt ihm Matthies vor, er habe nicht genügend Geduld gehabt. Grünenberg zog Lindow nach hinten.

»Du musst auf mich aufpassen«, sagte der blonde Dreißigjährige, »ich darf mich nicht so vollaufen lassen.«

»Das denke ich auch«, gab Lindow ihm zu verstehen. »Warte hier.«

Mit einem Sprung gelang es ihm, eine freiwerdende Kabine zu erreichen. Endlich konnte er den Tee und die vier Mineralwasser loswerden.

Dann hakte er Grünenberg unter, und sie gingen zur Halle 3. An der kleinen Bar holte Lindow innerhalb einer halben Stunde alles nach, was er zuvor unterlassen hatte. Er entschied sich für Tequila, weil man davon schnell betrunken wurde. Mit Salz und Zitrone genossen, kam man gar nicht auf den Gedanken, dass es sich um Schnaps handelte. Während er sich genüsslich betrank, wurde Grünenberg wieder nüchtern.

»Der saß da wie ein nasser Sack. Ich hab ja schon viel gesehen, aber so was? Ne.«

»Wie hieß er denn?« fragte Grünenberg.

»Du sollst mich nicht ausfragen«, lallte Lindow, »dann sag ich gar nichts mehr.«

»Wolfgang, das ist unsere Berufskrankheit. Du fragst einem doch auch Löcher in den Bauch. Ich kann halt auch nicht anders.«

»Haben den einfach zusammengeschlagen. So als wäre das ganz normal. Na, die werden mich kennenlernen.«

Lindow füllte etwas Salz in die Vertiefung zwischen Zeigefinger und Daumen, leckte es mit der Zunge ab und spülte mit einem doppelten Tequila nach.

Grünenberg hatte das Zeug einmal probiert, aber danach war ihm übel geworden.

»Ich muss zurück zu den Kollegen, Klaus. Ist unser Betriebsausflug. Und die sehen es nicht gerne, wenn ich zu lange mit dir quatsche.« Schwerfällig erhob sich Lindow von dem Barhocker und zahlte die nicht unerhebliche Rechnung. »Klappe halten. Sonst werde ich ungemütlich.«

Diese Warnung hatte durchaus ihren Grund, denn Grünenberg war bei der lokalen Zeitung. Wenn der genauer erfuhr, was sich am Nachmittag bei der Mordkommission abgespielt hatte und es veröffentlichte, dann konnten nicht nur die beiden Beamten Schwierigkeiten bekommen, auch Lindow war dann in der Schusslinie. Als er es endlich geschafft hatte, wieder den Tisch im Innenraum zu erreichen, stellte er fest, dass er nicht der einzige betrunkene Polizist war. Matthies kümmerte sich jetzt noch intensiver um die schmallippige Blondine. Sie hatte ihr Seidencape abgelegt.

»Na, Hilfssheriffs«, Lindow ließ sich auf die Bank fallen, die stark schwankte.

Matthies war in seinem Element. Er hatte Vertreter aller Kommissariate einberufen, um ihnen wichtige Dinge mitzuteilen. Das war seine große Stunde.

Auch wenn er noch mit einem gewaltigen Kater zu kämpfen hatte.

»Meine Herren, liebe Kollegen. Es sind einige Dinge vorgefallen in der letzten Zeit, die ein, wenn auch nicht vollständiges, aber doch wesentliches Revirement erforderlich scheinen lassen.«

Lindow kratzte sich am Kinn. Es war ihm nicht gelungen, sich unfallfrei zu rasieren. Nach dem dritten Schnitt hatte er den Plan aufgegeben und sich damit begnügt, ein paar einfache Stellen zu schaben. Jetzt aber störte ihn der übrige Bewuchs, allerdings noch mehr die wichtigtuerischen Sätze seines Chefs. Da konnte nur ein Ukas von Mantz vorliegen, dem Obersten aller Polizisten.

»Nach den beiden letzten Bombenattentaten, am Bahnhof und in der Neustadt, müssen wir davon ausgehen, dass unsere Stadt ein Zentrum anarchistischer Gewalttäter ist.«

Matthies machte eine Pause. Sein kurzgeschnittenes, graues Haar mit der eckigen Brille wirkte wie maschinengefertigt, ein Dutzendgesicht.

Lindow war schon klar, woher der Wind wehte. Die Polizeiführung reagierte auf die Kritik aus dem Bundesinnenministerium, die an der Aufklärungsquote herumgemäkelt hatte. In der Zeitung war ein langer Artikel erschienen: Bericht aus Bonn.

»Deswegen sehen wir uns gezwungen, das 10. Kommissariat weiter zu verstärken. Politische Straftaten müssen ab sofort mit absoluter Priorität verfolgt werden.«

»Aber die treten sich doch jetzt schon gegenseitig auf die Füße«, kam es aus den Reihen des Raubdezernates.

»Erschte Priorität, ha noi, des goat fei nedde, gell«, der Kollege Ritter empörte sich, »unsere Quote isch au ganz schwach, net wohr.«

Matthies rückte irritiert sein Brillengestell zurecht.

»Warum fangt ihr denn nicht einfach mehr Einbrecher, vielleicht sind ja auch ein paar politische drunter? Raubritter, nicht lange überlegen, zugreifen«, kam es vom Wirtschaftsdezernat.

Lindow wusste, dass man die Mordkommission nicht antasten würde. Sie waren und blieben die ersten. Immerhin wollte sich Matthies nicht nachsagen lassen, dass man in dieser Stadt ungestraft einen umbringen konnte. Stehlen, Geld entwenden, Steuer bescheißen, da konnte er sich immer rausreden, dass er zu wenig Kräfte zur Verfügung hatte. Das war ihm sogar manchmal ganz recht, weil er dann neue Planstellen fordern konnte. Aber Morde mussten aufgeklärt werden. Das war von öffentlichem Interesse.

Nachdem Matthies die Zahlen bekanntgegeben hatte, wie viele Leute aus welchen Kommissariaten abzukommandieren seien, beendete er die Sitzung mit seinem traditionellen: »Gut Holz.« Wann er sich das angewöhnt hatte, konnte selbst Lindow nicht mehr genau sagen, obwohl er in diesem Jahr sein 25. Dienstjubiläum haben würde.

»Kann ich nachher mal bei dir reinschauen?« fragte Lindow seinen Chef, als die anderen Kollegen gegangen waren. »Ist es wichtig?« gab Matthies zurück, der mit langsamen Handgriffen seine Papiere ordnete. »Ist gestern doch wieder ziemlich spät geworden.«

»Es geht um diesen Zeugen, Hans.«

»Ach, diese Geschichte. Da komme ich heute nicht zu. Wirklich, Wolfgang, ich habe nachher eine Sitzung beim Chef, auf die muss ich mich vorbereiten. Morgen, ganz bestimmt.«

»Aber ich will doch nur einen Rat von dir.«

Lindow beschäftigte diese Geschichte so sehr, dass er auf eine schnelle Klärung drängte.

»Morgen sehen wir uns, dann reden wir drüber. Heute habe ich keine freie Minute.«

Lindow überlegte, ob er noch einen weiteren Versuch starten sollte, denn es konnte sein, dass Matthies mit diesem Vorfall einfach nichts zu tun haben wollte und deswegen die wichtige Sitzung mit Mantz vorschob.

»Es dauert nicht lange, Hans, bitte.«

»Du wirst schon wissen, was du tun musst. Fragst mich doch sonst auch nicht. Kein weiterer Kommentar. Gut Holz.« Matthies nahm seinen Hefter und drehte sich um.

Diese Artikel in der Zeitung, dachte Lindow, die machen ihm tatsächlich zu schaffen. Obwohl er doch so lange dabei ist

Dann fiel ihm ein, dass er gestern Abend im Suff mit Grünenberg gesprochen hatte. Er wollte ihn sofort anrufen und zu Stillschweigen verdonnern. Aber das konnte der auch wieder falsch auffassen.

Er stand im Konferenzraum, voller Wut.

Jetzt, in die Schießhalle gehen, einfach drauflos ballern. In diesem Quartal hatte er sein Soll sowieso noch nicht erfüllt.

3

»Der Mann ist bestimmt nicht ganz sauber. Wir haben genau gesehen, wie er immer da rumschlich.«
»Wie der schon aussieht.«
»Den müssten Sie sich mal von nahem ansehen. Wenn man den Gestank überhaupt aushält.«
»Ich hab immer zu meinem Mann gesagt: Solche Leute gehören nicht in unsere Stadt. Am besten weg mit ihnen. Ganz gleich wohin, nur weg.«
»Und er klingelt an jeder Haustür. Wir haben ihm anfangs noch aufgemacht ...«
»Aber gegeben haben wir nichts. Versäuft ja doch alles gleich wieder.«
»Jetzt schauen wir immer erst durch den Spion, wer vor der Tür steht.«
»Den müssten Sie wirklich mal überprüfen. So heißt das doch, nicht?«
»Mein Mann wollte ihn schon mal direkt ansprechen, aber das ist Sache der Polizei. Und als wir gestern lasen, dass bei der Frau Merthen auch Sachen entwendet wurden, da haben wir uns gleich in Bewegung gesetzt.«

Lindow saß hinter seinem Schreibtisch und hatte die Ohren auf Durchzug gestellt. Sachdienliche Hinweise nimmt jede Polizeidienststelle entgegen – muss es gerade sein Büro sein?

Die beiden Alten, die auf der anderen Seite saßen, wussten nichts, hatten nichts gesehen und konnten auch keine sachdienlichen Hinweise machen, aber in der Zeitung hatten sie was gelesen: Inzwischen war von angereisten Verwandten der ermordeten Frau Merthen festgestellt worden, dass ein paar wenige, wertvolle Stücke aus der Wohnung abhandengekommen waren. Die Mordkommission machte eine Meldung, die lokale Zeitung druckte sie, und dann klingelte bei ihm das Telefon.

»Ich glaube, er heißt Johnny.«

»Nein, er heißt Pit.«

»Mein Mann irrt sich, Johnny, ich hab die Kinder ihn so rufen hören.«

»Pit, glauben Sie mir. Ich weiß es von Frau Mayer.«

»Wie heißt er denn nun?« fragte Lindow, der sich überlegte, wie er die beiden wieder loswerden konnte. »Und wo wohnt er?«

»Im Parzellengebiet, das hab ich von Frau Mayer, die wohnt bei uns gegenüber«, sagte der grauhaarige Mann, dessen Topfhaarschnitt seine übergroßen Ohren freigab.

»Straße?«

Lindow notierte sich: Parzellengebiet. Und er wusste, dass es lange dauern konnte, bis er etwas herausfand.

»Keine Ahnung. Gibt es da überhaupt Straßen?« Die Frau, mit ihrem altmodischen rosafarbenen Hut, sah ihren Mann an.

»Sie wissen genau, dass er sich auch am 14. Dezember in der Nähe der Davoser Straße aufgehalten hat?«

»Ganz bestimmt«, sagte der Mann.

»Ganz sicher«, präzisierte seine Frau.

»Was war denn der 14. Dezember für ein Tag?« Lindow sah aus dem Fenster, als müsse er überlegen

»Ein Freitag«, sagte der Mann.

»Ein Donnerstag«, widersprach ihm die Frau.

»Gut«, sagte Lindow, »ich glaube, das reicht jetzt. Es war ein Montag.« Er stand auf.

»Haben Sie noch weitere Angaben zu machen?«

»Ja, warten Sie mal, wir haben ja gerade erst angefangen. In unserer Straße gibt es zwei Jugendliche, die machen abends immer so einen Lärm auf der Straße. Wir haben schon zweimal die Streife geholt, aber die bekommen sie nicht zu fassen. Können Sie da nicht eingreifen, ich meine, wir alten Menschen werden doch schon genug geplagt, das haben wir nicht nötig, dass unsere Nachtruhe von solchen Rowdies ...« Der alte Mann hatte sich richtig in Rage geredet, sein kleiner Kopf war krebsrot geworden.

»Dafür ist das Revier zuständig.«

»Da waren wir schon, Herr Oberkommissar.«

»Ich kann von hier aus nichts für Sie tun. Schönen Dank für die Hinweise. Vielleicht helfen sie ja weiter.« Er kam um den Tisch herum, reichte der Frau die Hand und zog sie dabei leicht nach oben.

»Kümmern Sie sich um diesen Penner, Herr Oberkommissar, der hat bestimmt die arme Frau Merthen auf dem Gewissen.«

»Auf Wiedersehen.«

Hartnäckig waren sie ja, die beiden Denunzianten. Lindow hatte schon früher mal dafür plädiert, dass diese ungezielten Aufforderungen in der Zeitung unterbleiben sollten. Die Hinweise aus der Bevölkerung waren zu neunzig Prozent unbrauchbar. Und seitdem im Fernsehen bei Aktenzeichen XY, ungelöste Fälle als Abendunterhaltung gezeigt wurden, und diese ständig zur Denunziation aufforderten, waren es immer mehr geworden, die sich als private Schnüffler fühlten. Montags kamen plötzlich Leute an und hatten etwas mitzuteilen, sogar zu Fällen, die bereits abgeschlossen waren. Die wenigen Hinweise, aus denen Lindow wirklich etwas machen konnte, wogen das Klima der gegenseitigen Beschuldigung nicht auf.

Grünenberg stocherte lustlos mit einem Zigarettenstummel in seinem Aschenbecher herum. Er versuchte sich daran zu erinnern, was ihm sein Chef vor einer Viertelstunde aufgetragen hatte. Aber es wollte ihm nicht einfallen. Er sah den Kalender durch, welche Pressekonferenzen es an diesem Morgen gab, konnte aber nichts entdecken.

Sein Kopf war schwer wie ein Fass Bier, er hatte etwa zwei Liter Wasser gegen den Nachdurst getrunken und bereits zehn Zigaretten geraucht, obwohl er erst seit einer Stunde in der Redaktion war.

Die morgendliche Konferenz war ohne ihn abgelaufen, aber das sah ihm der Chef nach, schließlich war Grünenberg so etwas wie ein Paradiesvogel. Heute allerdings mit grauen Federn. Nicht nur, weil er genau halb so alt wie sein Chef war und auch nicht, weil er früher mal Gedichte veröffentlicht hatte. Hauptsächlich, weil er mit dem Lokalchef einmal pro Woche einen Zug durch die Gemeinde machte, oder ihm dazu ein Alibi verschaffte, war sein Ansehen in der Redaktion besonders groß.

Grünenberg hätte gerne eine Geschichte über das Sechstagerennen geschrieben, eine farbige Sache, aber die Kollegen vom Sport saßen hartnäckig auf ihren Zeilen. »Da lassen wir dich nicht dilettieren.«

Es war ihm peinlich, den Chef anzurufen und zu fragen, was er ihm vor fünfzehn Minuten aufgetragen hatte. Aber es gab keinen anderen Weg, sich darauf zu besinnen. Vorsichtig erhob er sich von seinem Stuhl, die zwei Kissen, auf denen er bequem gesessen hatte, füllten sich mit Luft.

Lindow, verdammt. Jetzt fiel ihm etwas ein. Gestern Abend. Der Kommissar war aufgeregt gewesen. Irgendjemand war zusammengeschlagen worden. Matthies hatte nichts davon wissen wollen.

Er ließ sich wieder fallen und zog das Telefon heran.

Er wählte Lindows Nummer.

»Wolfgang, bist du wieder aufgetaucht? Hattest ja keinen schlechten Zug gestern Abend.«

»Ich wollte dich auch schon anrufen, Klaus. Was gibt's?«

»Warum wolltest du mich anrufen?« fragte Grünenberg, der sich eine Zigarette aus der Packung schüttelte.

»Nichts Besonderes.«

»Ach so.«

Grünenberg zog den Rauch ein. Machte eine Pause.

»Also ...« Lindow wartete ebenfalls.

»Gestern Abend hab ich da was aufgeschnappt, du weißt schon, diese Sache mit ...« Grünenberg unterbrach sich, aber weniger, weil er Lindow herausfordern wollte, sondern eher, weil er mit der Stange im Nebel stocherte.

»Welche Sache?« Lindow hatte überhaupt keine Lust, auf dieses Thema zu sprechen zu kommen. Und er hätte Grünenberg auch nicht angerufen, weil das erst recht seine Aufmerksamkeit erregt hätte.

»Da ist ein Mann zusammengeschlagen worden. Komm, hilf mir doch mal auf die Sprünge, ist schon schwer genug, mit so einem dicken Kopf arbeiten zu müssen.«

»Da geht es mir ähnlich«, erwiderte Lindow knapp, »ich hatte sogar schon zwei nette Denunzianten zu Besuch.«

»Und? Was Neues?«

»Weniger als nichts.«

Das Gespräch versackte wieder.

Grünenberg blies Ringe in die Luft. Manchmal schaffte er drei hintereinander.

»Also ...«, begann Lindow wieder.

»Ist da was drin für mich, Wolfgang? Ich meine diese Geschichte mit dem zusammengeschlagenen Mann, wie hieß der überhaupt?«

»Klaus, da ist weder für dich noch für mich was drin, wenn du es genau wissen willst. Und für deine Zeitung schon gar nichts.«

»Das nehme ich dir nicht ab.«

»Wie ich es sage. Vergiss einfach, was du gestern im Nebel gehört haben willst. Das ist das Beste.«

»Für wen?«

»Für dich, für wen denn sonst. Wir lesen doch gerne deine Zeitung und insbesondere deine Artikel.«

Grünenberg kannte Lindow schon seit zwei Jahren, aber so verschlossen hatte er ihn noch nicht erlebt.

»Also, es ist was drin für mich. Davon kann ich ausgehen. Mach's gut, Wolfgang.«

Jetzt musste ihm nur noch einfallen, worüber der Chef die achtzig Zeilen haben wollte. Dann könnte er beruhigt in die Mittagspause gehen.

»Kannst du dir vorstellen, dass eine Frau wegen zwei Bildern im Silberrahmen, zehn goldenen Kaffeelöffeln, einer Granatbrosche und einer Halskette umgebracht wird?«

Lindow zog seinen Schlips zurecht. Er hatte sich an diesem Morgen in der Farbe vergriffen. Sein dunkelgrüner Cordanzug verlangte eher einen roten als einen blauen Binder. Er hatte diesen Irrtum darauf zurückgeführt, dass er vom Tequila farbenblind geworden war.

Fritz Pinneberger saß ihm gegenüber. Ein Kollege vom gleichen Flur. Sie hatten die Ansprache von Matthies bekakelt, vor allem seine gewählte Ausdrucksweise: *Revirement*, woher er das Wort nur wieder aufgeschnappt hatte? Eine Nachlese zum Betriebsausflug gehalten, wieso diesmal nur so wenig Frauen mit dabei waren, und dass es die Jahre zuvor viel schöner war. Aber das war nicht der Grund, warum Pinneberger in Lindows Büro saß und sich plötzlich so betont freundlich nach seinem morgendlichen Befinden erkundigte.

Lindow wollte ihn kommen lassen.

Immerhin konnte er mit ihm noch mal den Fall Merthen durchgehen: In einer Hochhaussiedlung wird eine fünfundfünfzigjährige Frau umgebracht, wie sich nun herausstellt, wurden ein paar wenige, wertvolle Gegenstände entwendet, aber es gibt keinen Hinweis darauf, wer die Tat begangen haben könnte. In der Wohnung direkt gegenüber ist niemand anwesend. Die Familie befand sich bereits seit einer Woche im Urlaub. Nur einem aufmerksamen Klempnermeister ist es zu verdanken, dass die Leiche bereits am nächsten Tag entdeckt wird. Frau Merthen hatte ihn bestellt, weil ihr Wasserhahn tropfte. Zweimal war der Mann umsonst da gewesen, dann hatte er den Hausmeister die Tür öffnen lassen.

Fingerabdrücke gab es jede Menge, aber niemanden, der dazu passte. Die Tatwaffe war ein dünnes Stahlseil. Frau Merthen schien sich heftig gewehrt zu haben, dafür gab es Anzeichen eines Kampfes, aber niemand hatte Schreie gehört.

Ein einziger Hinweis war eingegangen: Franz Kandel, Versicherungsvertreter, besuchte in diesen Tagen die Hochhaussiedlung. Lindow hatte gehofft, dass der vielleicht etwas bemerkt hatte, aber Kandel war trotz mehrfacher Besuche in seiner Pension nicht aufzufinden gewesen. Pinneberger rückte auf seinem Stuhl hin und her.

»Irgendwelche Reaktionen auf die gestohlenen Gegenstände?«

»Nein. Doch. Zwei Denunzianten, gleich nach dem Chef heute früh.«

»Wolfgang, lass die Sprüche.«

»Wieso. Ich weiß genau, wen ich Denunziant nennen kann und wen nicht.«

»Wenn die das hören, dann kriegst du massiven Ärger.«

»Ja, und? Da steh ich zu.«

»Aber Matthies wird das nicht gerade freuen.«

»Den freut bei mir schon lange nichts mehr.«

Pinneberger war einer der wenigen, mit denen Lindow noch einen leidlichen Kontakt hatte. Nicht einer von den verbiesterten, sturen Kollegen, die einmal ihre Erfahrung mit dem Querkopf gemacht hatten und ihn seitdem ablehnten. Er war bereits zwölf Jahre bei der Truppe und hatte einen guten Ruf beim Chef. Pinneberger war ledig, seine freie Zeit verbrachte er beim Bowling, in der Sauna und gelegentlich in anrüchigen Bars im Viertel. Einmal war er deswegen aufgefallen und hatte sich einen augenzwinkernden Verweis des Chefs anhören müssen. Sein saloppes Äußeres fand keineswegs den Beifall der anderen Kollegen. Aber vielleicht stand er deswegen nun Lindow wieder etwas näher. Ein korrekt gekleideter Querdenker und ein salopper Pedant.

»Du hattest gestern irgendwie Pech?«

»Ist es schon rumgegangen?« fragte Lindow zurück. Die Flüsterkanäle funktionierten besser als alles andere.

»Kommt der Mann denn bald wieder auf die Beine?«

»Ich hoffe. Sonst können sich Rapka und Kuhlebert auch noch auf ein paar Jahre hinter Gittern freuen. Aber ich glaube nicht, dass es ein Fall für uns wird. Schwer angeschlagen ist er schon.«

»Was willst du machen, die tun ja auch nur ihren Dienst. Wenn der sich gewehrt hat ... Polizisten brauchen sich ja auch nicht verprügeln zu lassen.«

»So würde ich das nicht sehen. Immerhin waren sie zu zweit.« Lindow merkte, wie sich seine Wut wieder regte. Pinneberger begann zu verteidigen, bevor er überhaupt genau wusste, was geschehen war.

»Wirst du es denn melden?«

Das war die Frage, auf die Lindow gewartet hatte, denn inzwischen ging er davon aus, dass einer der beiden Streifenpolizisten sich erkundigt hatte, wer bei der Mordkommission mal nachhorchen könnte, bei diesem Hauptkommissar, der sich offensichtlich um die Falschen kümmerte. »Ich weiß es nicht, Fritz. Wirklich. Das kannst du denen gerne sagen. Ich will mir erst mal ein Bild von dem Vorfall machen. Aber du kannst ihnen auch ...«

»Was unterstellst du mir?«

»Ich unterstelle dir gar nichts. Du möchtest meinen nächsten Schritt erfahren, für wen auch immer. Aber ich weiß nicht, in welche Richtung er gehen wird.«

Pinneberger schlug mit der Faust auf den Schreibtisch.

»Du bist doch völlig verrückt geworden. Wenn du

glaubst, du kannst hier die Moral spielen, dann irrst du dich gewaltig.«

»Ich will nicht die Moral spielen, Fritz. Aber ich will auch nicht so eine Schweinerei decken. Wenn es eine gewesen ist, wohlgemerkt. Immerhin streiten die beiden nicht ab, dass sie zugeschlagen haben.«

»Du wirst einsamer sein als ein Eisbär auf der Eisscholle. Das sag ich dir.«

Mit zwei Schritten war Pinneberger an der Tür.

»Gut zu wissen, dass ich nicht mit dir rechnen kann, Fritz«, erwiderte Lindow ganz ruhig, obwohl er innerlich kochte.

Der Nachmittag verlief träge. Lindow saß in seinem Büro und füllte ein Kreuzworträtsel aus. Am liebsten wäre er ins Krankenhaus gefahren und hätte mit Kandel gesprochen, aber der Arzt hatte ihm am Morgen zu verstehen gegeben, dass es besser sei, den Patienten erst mal in Ruhe zu lassen.

Je länger er über den Fall Merthen nachdachte, desto schläfriger wurde er, denn nur eins stand fest: die Frau war tot.

Obwohl er jetzt fast einen Monat diesem Fall nachging, war die Spurenakte dünn. Das Stahlseil konnte man in jedem Eisenwarengeschäft kaufen. Die Verletzungen gaben auch nichts her. Die errechnete Tatzeit war eher ungewöhnlich, früher Abend, da waren zwar die meisten Leute schon zu Hause und hätten auch was hören müssen, aber er konnte sie nicht noch mal alle befragen.

Die Chance, dass die abhandengekommenen Wertsachen vielleicht eine neue Spur darstellten, sah Lindow eher als gering an. Er erinnerte sich an einen Fall, in dem aus einer von der Polizei versiegelten Wohnung Gegenstände entfernt wurden, und das Siegel wieder so raffiniert angebracht worden war, dass die Kollegen es nicht bemerkten. Auch dies war ein Fall, den der Raubritter noch auf dem Stapel *Unerledigt* liegen hatte. Das Kreuzworträtsel war kinderleicht. Lindow liebte diese kleinen Erfolge.

Zweimal hatte er versucht, Matthies an die Strippe zu kriegen, aber es war ihm nicht gelungen. Entweder ließ er sich verleugnen oder er kurierte seinen Kater daheim aus.

Das Revier 6, in dem Rapka und Kuhlebert Dienst taten, meldete auf seine Anfrage, dass die beiden noch unterwegs seien. Über Funk hatte er ihnen mitteilen lassen, dass sie bei ihm vorsprechen sollten.

Eigentlich fürchtete er die Gegenüberstellung, vielleicht gingen sie aufeinander los. Aber er hatte sich entschieden: Sobald Kandel wieder okay war, wollte er in seinem Büro eine Gegenüberstellung veranstalten. Sollten sie doch erklären, wie es zu diesem Übergriff gekommen war. Dann erst wollte er entscheiden, was Pinneberger ihn bereits erwartungsvoll gefragt hatte: Wirst du es denn melden?

Das bedeutete, eine Anzeige erstatten, Dienstaufsichtsbeschwerde, das hieß Flagge zeigen, das hieß Ärger, das hieß neue Anfeindungen. Lindow war keineswegs darauf aus, sich wieder einmal als Querulant bestätigen zu lassen, aber in diesem Fall ...

Das Telefon klingelte.

Helga rief an und fragte, ob er zum Abendessen nach Hause kommen würde, ob er aus der Stadt noch Tee mitbringen könne, und ob er daran gedacht habe, dass ihre Tochter Karin ebenfalls mit am Tisch sitzen würde.

»Ich sitze hier auf Abruf«, sagte Lindow langsam, dem diese Aufträge zu plötzlich kamen. Tee holen, das bedeutete, nochmal quer durch die City zu fahren, einen Parkplatz zu ergattern und jede Menge Warterei.

»Wer ruft dich denn ab?« fragte Helga, die seine Taktiken kannte.

Lindow schaute auf das Kreuzworträtsel. Deutscher Schriftsteller mit vier Buchstaben. »Mann«, sagte er.

»Welcher Mann?«

»Ich komme und bringe Tee mit.«

»Gut, dann um sieben.«

Helga hatte aufgelegt.

Lindow stellte fest, dass nur die ersten beiden Buchstaben des Namens richtig waren.

Er sah auf die Uhr.

Halb fünf.

Kann ich genauso gut Feierabend machen.

Es war knapp vierundzwanzig Stunden her, dass der Kandel dort am Aktenschrank gelehnt hatte. Schwer verletzt.

Lindow ließ sich noch mal das 6. Revier geben.

4

Kurz nach sieben stieg Wolfgang Lindow in seinen beigen Opel Kadett. Noch vor Dienstbeginn wollte er Kandel im Krankenhaus aufsuchen. Beim Aufwachen hatte er sich vorgenommen, an diesem Mittwoch den Fall zu klären.

Es war für ihn ein Fall geworden, wie die anderen auch, ein Fall, der eine Untersuchung verlangte, die genauso gründlich zu erfolgen hatte, wie seine Bemühungen, einen Mörder zu finden. Mit dem einen Unterschied, dass es diesmal Polizeibeamte waren, die sich zu verantworten hatten. Früher, als Steinmann noch Polizeipräsident war, kursierte ein Satz im Präsidium, über den sich die Kollegen mokierten. In einem Interview hatte Steinmann gesagt, die Kriminalitätsrate bei der Polizei sei genauso hoch wie im gesamten Durchschnitt der Gesellschaft. Lindow hatte das für einen wichtigen Satz gehalten, den Steinmann in Verteidigung einer Affäre äußerte, bei der es um Raubdelikte im Wirtschaftsdezernat ging. Aber mit seiner Meinung stand er ziemlich allein. Die Mehrheit der Kollegen hielt sich für besser als der Durchschnitt, gesetzestreuer, zuverlässiger.

Er bog auf die Hemelinger Heerstraße ein und reihte sich in den Frühverkehr ein, der sich schleppend stadteinwärts schob. Das Gespräch mit dem Leiter des 6. Reviers war kurios verlaufen. Zu Beginn stellte er sich unwissend. Er habe noch nichts von der Geschichte gehört. »Berichten Sie mal, Herr Kollege.«

Lindow machte das ganz behutsam, setzte Fragezeichen, wollte der Sache nachgehen. Als Lindow darauf gedrungen hatte, mit Rapka und Kuhlebert persönlich zu sprechen, wollte der Revierleiter den Vorfall an sich ziehen. »Das nehme ich ganz persönlich in die Hand, darauf können Sie

Gift nehmen.« Aber Lindow ließ sich darauf nicht ein, bat nochmals, dass sich die beiden Streifenbeamten bei ihm melden sollten. Wiederum änderte der Revierleiter seine Taktik. Er wollte wissen, warum Lindow denn so ein besonderes Interesse daran habe, schließlich sei er der Vorgesetzte, der mit seinen Untergebenen auskommen müsse und auch für sie die Verantwortung trage. »Sie verlassen den Dienstweg, Herr Hauptkommissar.« Lindow bestand auf seine Bitte. Hatte die Drohung aber nicht überhört.

Obwohl seit Tagen im Wetterbericht Schnee angesagt war, hielt sich das milde Schmuddelwetter, für Januar war es entschieden zu warm. Schon am Morgen hatte Lindow beim Anziehen ausgerechnet, wieviel Tage Urlaub aus dem letzten Kalenderjahr noch übrig sein mussten, vielleicht konnte er sich wenigstens für eine Woche nach Wangerooge absetzen. Oder den Kalender zurückdrehen auf Sonntag und dann den ganzen Montag das Büro nicht betreten. Dann hätte der Fall Kandel nicht stattgefunden.

Das St. Jürgen-Krankenhaus war eine Krankenanlage, eine Krankenstadt. Der Hang zum überschaubaren Großkomplex, der für Schulen und Freizeitzentren zutraf, ließ die öffentlichen Einrichtungen wachsen wie Geschwüre. Breite Trassen wurden durch die Stadt geschlagen, um die stadtteilübergreifenden Großkomplexe miteinander zu verbinden. In wenigen Fällen war es gelungen, solchen achtspurigen Asphaltschlangen Einhalt zu gebieten. Das Modernste war gerade gut genug: und die Verwaltungen wussten, was das Modernste war. Lindow parkte seinen Wagen außerhalb des umzäunten Geländes. Unter einem Halteverbotsschild.

Er musste sich lange durchfragen, bis er endlich den zuständigen Arzt erreicht hatte. Sein Dienstzimmer war in grauem Weiß gehalten, selbst die Plastikblumen waren weiß, staubig-grau. Lindow schätzte den Arzt auf Mitte dreißig.

Berufsmäßig registrierte er eine Personenbeschreibung: mittelgroß, schlank, hellblondes Haar, blaue Augen.

»Besonders gesprächig ist er ja nicht, der Herr Kandel«, sagte der Arzt, dessen angenehme Stimme Lindow gefiel.

»Den Eindruck hatte ich auch. Ich dachte, es kommt von seinen Verletzungen.«

Der Arzt spielte mit seinem silbernen Bleistift.

»Also, er muss ganz schön rangenommen worden sein. Zwei Rippen sind angeknackst, wir haben ihm ein Korsett verpasst, Niere und Leber sind erheblich geschwollen, es wird wohl ein paar Tage dauern, bis die Schwellungen abklingen. Wir haben den Kopf von allen Seiten geröntgt. Blutergüsse im Gehirn gibt es keine, aber erhebliche Prellungen im Bereich des Kiefers und der Wangenknochen. Hat der Mann denn überhaupt keine Deckung gehabt?«

»Wieso Deckung?« fragte Lindow.

»Normalerweise deckt man doch bei einem Kampf irgendwelche Körperteile ab, oder irre ich mich da? Ich bin zwar kein Boxfan, aber so viel verstehe ich schon davon.«

Lindow dämmerte es. In seinem Kopf tauchte ein Bild auf, wie die Auseinandersetzung abgelaufen war.

»Er hat nicht geboxt«, sagte er lapidar.

»Ach so«, erwiderte der Arzt. »Sah ganz so aus, als sei er unvorbereitet in den Ring gestiegen.«

»Wo liegt er? Ich muss ihn sprechen.«

Der Arzt steckte den silbernen Stift in den weißen Kittel und sah den Kommissar erstaunt an.

»Er ist abgehauen. Wussten Sie das nicht? Ich dachte, deswegen haben Sie sich persönlich herbemüht.«

Wachsam waren sie, diese Ordnungskräfte, die zur Erhöhung der städtischen Einnahmen dafür sorgten, dass Halteverbote beachtet wurden. Lindow nahm den kleinen Zettel, zehn Mark Strafe, zerknüllte ihn und steckte ihn in die Tasche. Er würde eine schriftliche Erklärung verfassen müssen, wieso es in dieser Situation keine andere Parkmöglichkeit gab. In Gedanken wiederholte er den Text, mit dem er in früheren Fällen Erfolg gehabt hatte.

Die Absteige *Zum Fürsten*, in der Kandel sein Zimmer hatte, lag nur fünf Straßen weit entfernt, aber Lindow war nicht der sportliche Typ, der sich zu Fuß auf machte. Auch wenn sein Beruf das verlangte und er selbst Ansätze spürte, nun endlich mit regelmäßigem Sport beginnen zu müssen.

»Ja, er ist auf seinem Zimmer, ganz bestimmt.« Der ältere Mann, der hinter einem Tresen hockte und offensichtlich die Funktion eines Hausmeisters innehatte, nannte Lindow die Nummer. Vierter Stock und kein Aufzug.

Es dauerte eine Weile, bis Lindow die schmalen Stufen gepackt hatte. Er öffnete die Tür.

Kandel schlief.

Lindow registrierte es, ohne sich vom Fleck zu bewegen. Die Tapete hing in feuchten Streifen von der Wand, ihre Farbe war undefinierbar. Ein Schrankmöbelstück, ehemals Birke, jetzt geräuchertes Holzfurnier, das Fenster kaum einen halben Meter im Quadrat. Der Teppichboden, dunkelgrünes Vlies, abgetreten. Das Bettzeug, in dem Kandel leicht schnarchte, würde Lindow nicht mal zur Wäscherei tragen wollen. Was war das für ein Beruf, in dem man in solchen Absteigen leben musste?

»Herr Kandel, wachen Sie auf.«

Lindow sah, dass eine Tür in einen zweiten Raum führte. Mit einem Schritt stand er davor. Gewohnheitsmäßig wollte er einen Blick hineinwerfen, aber Kandel räkelte sich.

»Ach, Sie sind's. Ich dachte schon, der Doktor will mich wieder unter seine Apparaturen legen.«

»Sie sind bereit, mir ein paar Auskünfte zu geben, Herr Kandel?«

Der hagere Mann zog die schmutzige Bettdecke hoch, bewegte sich dabei. Lindow sah in ein schmerzverzerrtes Gesicht.

»Ja. Aber halten Sie Ihre Bullen zurück.«

Lindow ärgerte sich über diese Bemerkung.

»Warum sind Sie meiner Vorladung nicht gefolgt? Dann hätten Sie sich das alles ersparen können.«

»Wenn ich gewusst hätte, dass mich zwei Schläger überfallen, wäre ich sicher schon beim ersten Anruf gekommen. Das können Sie mir glauben.«

»Herr Kandel, damit wir uns richtig verstehen. Für mich sind das zwei verschiedene Dinge, die nichts miteinander zu tun haben. Einmal sind Sie Zeuge im Mordfall Merthen, und als solcher war es Ihre Pflicht, zu erscheinen. Ich habe mehrfach hier in dieser ... in diesem Hotel vorgesprochen, um Sie zu erreichen, mehrfach Nachrichten hinterlegt, Sie schriftlich vorgeladen, danach Sie vorführen lassen müssen. Und dann gibt es den Vorfall, der bei dieser Vorführung geschehen ist, und den ich keineswegs billige. Wenn er so geschehen ist, wie es den Anschein hat.«

Kandel rutschte in seinem Bett näher an die Wand. »Ich habe nicht angefangen.«

»Gut, reden wir also zuerst darüber. Wie ist es passiert?«

»Ich stand da unten ...«

»Wo?«

»Vor der Pension. Plötzlich hält der Bullenwagen.«

»Streifenwagen«, korrigierte Lindow. Er hasste diese Verunglimpfung der Polizei.

»Die beiden sprangen heraus. Einer von den Bul... von den Polizisten dreht mir den Arm rum, der andere haut mir voll in den Magen.«

Lindow zögerte mit seiner nächsten Frage. Wie konnten die beiden wissen, dass es Kandel war, der vor dem Hotel stand?

»Sie wurden nicht angesprochen, Herr Kandel?«

»Nein, wie ich sage. Der dicke Bulle, entschuldigen Sie, der korpulente Polizist griff meinen rechten Arm und der

Jüngere schlug sofort zu. – Ich hatte keine Möglichkeit, mich zu wehren.«

»Hat jemand das beobachtet?«

»Keine Ahnung, Herr Kommissar. Darauf konnte ich nicht achten. Die nächsten Schläge gingen ins Gesicht. Rechts, links, dabei hat mein Kinn auch was abgekriegt. Ich kann den Kiefer immer noch nicht bewegen, ohne dass es weh tut.«

Lindow machte sich Notizen in sein kleines, schwarzes Buch, das er in der Anzugjacke trug.

»Ich werde das überprüfen, Herr Kandel. Dann zurück zu meiner ersten Frage: Warum sind Sie meiner Vorladung nicht gefolgt?«

Kandel schwieg.

»Hat es Ihnen nicht zugesagt?« Lindow liebte gelegentlich ironische Bemerkungen, weil er damit seine Gesprächspartner überraschen konnte. Aber bei Kandel hatte er wenig Glück damit.

»Herr Kandel, es muss doch einen Grund für Ihr Verhalten geben. Lassen Sie mich mal raten: Sie hatten keine Lust, hielten es für nicht so wichtig; dachten, das wird schon wieder in Vergessenheit geraten?« Lindow bot seinem Zeugen mehrere Möglichkeiten an, aber Kandel machte den Mund nicht mehr auf.

»Also, wo waren Sie am 14. Dezember?«

»Das wissen Sie doch längst. Warum fragen Sie noch?«

»Man hat Sie gesehen, Herr Kandel, aber ich will es von Ihnen hören. Ist das klar?«

Diese Maulfaulheit reizte Lindow.

»Ich war in Tenever. Von Tür zu Tür.«

»Waren Sie bei Frau Merthen?«

»Ich war bei so vielen Frauen, da kann ich mich an keine speziell mehr erinnern.«

Lindow zog das geknickte Foto aus der Seitentasche. Eine Aufnahme der erdrosselten Frau aus der Davoser Straße.

»Hier. So sieht sie aus. So sah sie aus. Erinnern Sie sich?«
»Kann sein. Kann aber auch nicht sein.«
»Herr Kandel, das ist wichtig für mich. Die Frau ist ermordet worden. Vielleicht sind Sie derjenige, der sie zum letzten Mal gesehen hat. Sie müssen sich erinnern.«
Kandel nahm das Foto in die Hand, drehte es um, als könne er auf der Rückseite etwas entdecken.
»Führen Sie Buch über Ihre Besuche?«
Lindow ließ nicht locker.
»Nein. Da hätte ich viel zu tun. Ich hab schon genug damit zu tun, dass ich für vier verschiedene Versicherungen laufe. Alle Konditionen auseinanderzuhalten, das reicht mir.« Kandel gab das Foto zurück.
»Tut mir leid, Herr Kommissar. Ich kann mich nicht erinnern.«
»Dann erwarte ich Sie heute Vormittag, sagen wir um elf, in meinem Büro. Wir gehen gemeinsam in die Gerichtsmedizin. Vielleicht erinnern Sie sich dann.«
Lindow hielt den Gestank im Zimmer kaum noch aus. Wahrscheinlich riecht schon mein ganzer Anzug danach. »Bis um elf. Nicht vergessen, Herr Kandel. Wo mein Büro ist, wissen Sie ja noch.«

Rapka schaltete Martinshorn und Blaulicht ein. Kuhlebert drückte das Gaspedal durch.
»Roland Siebzehn, wir nehmen die Verfolgung auf.«
Rapka hängte das Handmikrofon in den Ständer.
»Wohin fahren wir?« fragte Kuhlebert.
»Am besten Raststätte. Da sind wir ungestört.«
Kuhlebert erhöhte die Geschwindigkeit auf achtzig, neunzig. Rechts und links stoppten Autos, manche drängelten sich in eine Schlange, um dem Polizeifahrzeug auszuweichen. Das vertraute »Lalülala« der Streife hatte stets zur Folge, dass Autofahrer und manchmal auch Fußgänger verschreckt die Fahrbahn räumten.

Am Abzweiger zum Flughafen nahm Kuhlebert die Kurve mit hundert, schlitterte zur Seite und konnte gerade noch einem Lastwagen ausweichen, der geparkt am Seitenstreifen stand.

»Das war knapp, Bernd«, sagte Rapka, der sein Butterbrot aus der Aktentasche holte.

»So, kannst ausschalten, wir sind gleich auf dem Zubringer. Das könnte auffallen.«

Rapka drückte die Taste, das Martinshorn verstummte.

Kuhlebert ging mit der Geschwindigkeit herunter.

Gleich bei Dienstbeginn hatte der Revierleiter ihnen eingeschärft, Lindow aufzusuchen. »Alles abstreiten, ist das klar?« sagte er. »Ihr hattet einen klaren Auftrag!« sagte er. »Wenn wir einen Zeugen vorzuführen haben, dann hat der uns Folge zu leisten.«

Als sie an der Autobahnraststätte ankamen, drehten sich die wenigen Frühgäste um. Die Bedienung kam aufgeregt an ihren Tisch: »Was ist los? Ist jemand umgebracht worden?«

»Zwei Kaffee«, orderte Rapka.

»Kännchen oder ...« die Bedienung stockte. Rapka hatte eine Stulle dabei, die mit Handkäse belegt war.

»Zwei Kännchen, jawohl.«

Kuhlebert verzog das Gesicht. »Dass es immer noch Geschäfte gibt, die so was verkaufen dürfen.«

»Bernd, nochmal zum Hergang. Wir müssen genau wissen, was wir sagen. Sonst gibt es Widersprüche. Klar?«

Kuhlebert nickte. Er war kaum zwei Jahre aus der Ausbildung und seither dem dicken Rapka zugeteilt, mit dem nicht gut Kirschen essen war. Gelobt sei, was hart macht, war seine Devise. Nur keine Halbheiten. Wie oft schon hatte er sich während ihrer Fahrten anhören müssen, was Hermann Rapka für ein toller Hecht war. Schon in der Ausbildung fiel er durch besondere Unerschrockenheit auf. Einmal hatte sich ein Schäferhund in einen Ausbilder verbissen. Rapka zog die

Pistole und erledigte das Tier mit einem Schuss. Es war nicht sein letzter während der vergangenen achtzehn Dienstjahre.

»Pass auf, Bernd. Der Mann stand vor der Pension *Zum Fürsten*. Als er uns sah, türmte er. Gut?«

Kuhlebert nickte wieder. Am besten, er überließ Rapka die ganze Sache, der hatte mehr Erfahrung.

»Wir hinterher. Ich hab ihn gerufen: Stehenbleiben! Du hast ihn dir geschnappt. Es handelte sich um den gesuchten Zeugen, Kandel. Das stand eindeutig fest. Er wollte aber nicht mitkommen. Ich hab ihm Handschellen anlegen wollen, weil er so widerspenstig war. Handschellen, vergiss das nicht. Gut?«

Kuhlebert atmete tief durch. Der Vorgang wurde langsam kompliziert. »Hab verstanden«, sagte er.

»Da hat er dich ins Gesicht geschlagen. Ohne Vorwarnung. Und du zurück. Das ist zweimal hin- und hergegangen. Dann hatten wir den Zeugen Kandel überwältigt.«

»Auf dem Boden?«

»Ja, er ist dabei zu Boden gegangen. Gut?«

Bernd Kuhlebert nickte wieder.

Die Bedienung brachte die zwei Kännchen Kaffee.

»Frühstückspause«, sagte Kuhlebert, dem leicht mulmig wurde, bei dem Gedanken, jemand könnte sie in einer Autobahnraststätte, außerhalb ihres Reviers, aber während der Dienstzeit erwischen.

»Dann schildern Sie doch mal den Hergang, Herr Kuhlebert.« Lindow lehnte sich auf seinem Stuhl zurück.

»Das macht mein Kollege.«

»Nein, nein, Sie sollen das tun. Schließlich waren Sie ja auch dabei.«

Die beiden Streifenpolizisten waren kurz nach zehn ins Büro gekommen und hatten sich bei Lindow entschuldigt. Als ob es darum ginge. Aber es war eine Floskel gewesen, das stellte der Kommissar nach drei Sätzen fest. Mit einer Entschuldigung wollten sie die Sache aus der Welt schaffen. Dann hatte Rapka die Aussage verweigert, er sage gar nichts, Lindow hatte ein kollegiales Gespräch angeboten, aber Rapka sah aus dem Fenster. Lindow merkte, dass Kuhlebert keineswegs so sicher war, wie er sich am Telefon gegeben hatte. Er nahm ihn sich vor.

»Der Zeuge Kandel stand vor der Pension *Fürsten*.«
Pause.
Kuhlebert stockte. Schluckte.
Rapka stieß ihn an.
»Wir hielten mit dem Streifenwagen am Straßenrand. Setzten unsere Mützen auf. Gingen langsam auf den Zeugen zu.«

»Woher wussten Sie, dass es sich um Kandel handelte?« Lindow dauerte diese auswendig gelernte Litanei entschieden zu lange.

»Wir hatten uns vom Portier der Pension eine Beschreibung geben lassen. Außerdem waren wir an dem Tag schon viermal, nein dreimal dort gewesen, hatten sogar herausgefunden, wo sich der Zeuge an diesem Morgen befinden sollte. Aber er war nicht da.«

›Sie waren also sauer‹, ergänzte Lindow in Gedanken, sauer darüber, dass nicht alles so klappte, wie sie es gerne gehabt hätten. Soviel stand fest.

»Weiter.«
»Wir gingen langsam auf ihn zu. Da rannte der Zeuge Kandel weg. Ich bin hinterher und hab ihn eingeholt. Er ließ sich das nicht gefallen und ...«

Rapka hustete.
»Ja, dann haben Sie – was denn?«
Kuhlebert sagte: »Handschellen. Mein Kollege Rapka versuchte, ihm Handschellen anzulegen.«
Pause.

»Handschellen?« Lindow stutzte. »Wozu?«

»Er weigerte sich, mitzukommen.«

»Aber das wussten Sie ja schon, schließlich ist er weggerannt.«

Rapka hockte auf seinem Stuhl, er brachte kein Wort heraus.

»Er wollte ihm Handschellen anlegen. Und dabei ist es dann passiert.«

»Was?«

»Er hat mich geschlagen.«

»Wohin?«

»Mitten ins Gesicht!«

Lindow erhob sich von seinem Bürostuhl. »Zeigen Sie mal her.«

Kuhlebert bekam einen roten Kopf.

»So viel ich gesehen hab, direkt auf die rechte Backe.« Rapka zeigte auf die Stelle.

»Aber zu sehen ist nichts. Tut es noch weh?«

»Nicht sehr«, sagte Kuhlebert kleinlaut.

»Weiter, was geschah dann?« Lindow blieb vor dem Polizisten stehen. »Ich kann euch das auch alles schriftlich machen lassen.«

»Sie haben uns gar nichts zu befehlen, Herr Kommissar.« Rapka schien wachgeworden zu sein.

»Das ist keine Frage des Befehlens, Herr Hauptwachtmeister. Sie werden doch wohl gelernt haben, einen Bericht zu erstatten.«

»Ich schon, aber mein Kollege ist noch neu im Revier.« Rapka saß kerzengerade auf seinem Stuhl.

In diesem Augenblick ging die Tür auf.

Kandel sagte: »Ich bin wohl etwas zu früh, Herr Kommissar.«

Dann erschrak er.

5

Die Pressekonferenz hatte gerade erst begonnen, und schon war der Innensenator aus der Fassung. Sein hochroter Kopf, seine stotternde Diktion, sein nervöses Händespiel, wenn er es nicht erwarten konnte, eine Antwort loszuwerden. Da konnte man jede Frage stellen und würde immer etwas Zeilenträchtiges erhalten. Dabei hatte Grünenberg nur gefragt, was der Anpfiff aus dem Innenministerium denn nun konkret bedeute, immerhin war in Bonn behauptet worden, die Stadt sei ein anarchistisches Zentrum, was auch hieß, dass die Innenbehörde nicht richtig arbeitete.

Einige der anwesenden Lokaljournalisten drückten hörbar ihre Enttäuschung aus, dass Grünenberg eine Nachfrage zu diesem schon vor zwei Tagen abgekochten Thema stellte.

Der Innensenator wollte über ein ganz anderes Thema sprechen: die mangelnde technische Ausrüstung seiner Polizei. Er hatte konkrete Pläne für den nächsten Haushaltsentwurf. Aber das interessierte Grünenberg überhaupt nicht.

»Ich würde gerne, mit Ihrer Erlaubnis, Herr Senator, noch eine zweite Frage stellen: Wie viele Abhörfälle hat es im letzten Jahr gegeben?«

Der Vorsitzende der Landespressekonferenz ergriff das Mikrofon und forderte sehr bestimmt den Kollegen Grünenberg auf, sich mit den Fragen jetzt zurückzuhalten, bis der Herr Innensenator zu seinem Thema gesprochen habe.

»Sie wissen genau, dass ich dazu nichts sagen kann, Herr Grünenberg. Dieser Bereich unterliegt der Geheimhaltung.«

»Aber eine grobe Zahl, die können Sie doch sagen?«

Der Innensenator hustete.

Dann hob er die Hand. Zeigte seine fünf Finger.

»Werden denn Wanzen eingesetzt, Herr Senator?«

»Wir haben keine einzige Wanze bei unserem technischen Gerät, Herr Grünenberg.«

»Danke für die Schlagzeile«, gab Grünenberg genüsslich von sich.

Diese Landespressekonferenzen waren ein Ritual an vornehmer Stelle. Im eichengetäfelten Saal, mildes Licht drang durch die Butzenscheiben, entstand ein Klima der Schläfrigkeit. Manche der Senatoren bedienten sich dieser Form der öffentlichen Äußerung, weil sie sonst niemand interviewte, anderen war ein Auftritt dort nichts weiter als eine lästige Pflichtübung und das nicht nur, weil sie genauso leicht aus der Fassung zu bringen waren wie der Innensenator. Die Frage-Nichtse, deren gedämpftes Interesse nur selten zu einem wirklichen Schlagabtausch führte, ließen den Sage-Nichtsen viel Raum, mit geringer Rhetorik aus einem schwerwiegenden politischen Problem eine leicht zu lösende Aufgabe zu machen. Die Auseinandersetzung zwischen Medien- und Volksvertretern war mehr ein eingespieltes Ballett, bei dem man zwischen Solisten und Tänzern kaum unterscheiden konnte.

An diesem Morgen musste dem Innensenator ein größeres Missgeschick passiert sein, denn auf seiner Krawatte, schlichtes Blau mit dem Wappen der Stadt, waren Spuren von Eigelb zu entdecken. Grünenberg konnte seine Augen nicht von diesem Fleck nehmen, hörte deswegen auch nur mit verminderter Aufnahmefähigkeit, was der Innensenator an neuer Ausrüstung für Polizeiaufgaben forderte: chemisches Gas bei Demonstrationseinsätzen, Elektroschlagstöcke, die neben dem eigentlichen Schlag noch einen Schock austeilen, der keine Spuren hinterlässt. »Ihre Nützlichkeit bei Sitzstreiks, passivem Widerstand, bei der Neutralisierung von Hausbesetzungen und Aufruhr in der Universität ist inzwischen erwiesen.« Irgendwann fiel Grünenberg in den angenehmen Dämmerzustand, der ihn schon so manche Pressekonferenz hatte überstehen lassen. Früher war er aufgestanden und gegangen, aber das war übel vermerkt worden, auch sein Lokalchef hatte ihm das nicht durchgehen lassen.

Er griff jetzt zu diesem Mittel passiver Gewalt, um sich vor allzu vielen unwichtigen Phrasen zu schützen. Meist war er erst wieder richtig wach, wenn der Vorsitzende der Landespressekonferenz um Fragen bat. Immerhin hatte dieser Dämmerzustand auch sein Gutes. Grünenberg erinnerte sich an Geschichten, die er bisher nicht weiterverfolgt hatte.

»Herr Innensenator, ist Ihnen bekannt, dass es bei der Mordkommission zu einer Schlägerei gekommen ist?« Es war eine von jenen Fragen, die bei jedem geschickten Politiker nur ein leichtes Lächeln hervorgerufen hätte, weil die Beantwortung sehr einfach war.

»Nein, nein. Um was geht es da? Setzen Sie mich in Kenntniss. Was ist das für eine Sache?«

Klaus Grünenberg kam ins Schwitzen.

»Ich habe gehört, dass es dort eine Schlägerei gegeben hat.«

»Von wem?«

»Das tut nichts zur Sache. Ist Ihnen davon nichts bekannt?«

Der Innensenator rötete sich.

»Nein. Ganz bestimmt nicht. Wirklich nicht. Ich werde der Sache sofort nachgehen.«

Wie ein Schüler notierte er etwas auf einem Zettel und setzte ein großes Fragezeichen dahinter.

Grünenberg ärgerte sich, dass er nicht mehr wusste.

Vierzig Minuten später rief er Lindow an: »Wolfgang, du musst mir helfen. Ich habe da etwas angerührt.« »Jetzt nicht«, sagte Lindow, »um eins, in der *Pfanne*.«

Kandel zitterte am ganzen Körper, so sehr nahm ihn der Anblick der toten Frau Merthen mit.

Der sterile Raum des Gerichtsmedizinischen Instituts, der Geruch von Verwesung und Spiritus taten ihr Übriges.

Lindow beobachtete seinen Zeugen ganz genau. Er hielt zwar nicht viel von dieser Art der Konfrontation, die manche seiner Kollegen für die wichtigste Form der Täterfindung erachteten. Jeder Täter reagiert in ganz spezifischer Weise, wenn er sein Opfer ansehen muss. So war der Zeitpunkt, wann diese Konfrontation zu geschehen hatte, bei jeder Mordkommission ein umstrittenes Thema. Manche wollten schockieren, um dann schneller voranzukommen, andere wollten einen mutmaßlichen Täter erst einmal in Sicherheit wiegen, damit ihm die Konfrontation mit dem Opfer erspart blieb. Die Reaktion von Kandel konnte aber auch daher rühren, dass er vorher den beiden Polizeibeamten gegenübergestanden hatte.

Der Wortwechsel hatte wenige nur wenige Minuten gedauert. Rapka beschimpfte Lindow einer unverschämten Terminierung, er habe das Zusammentreffen mit Kandel arrangiert, um sie bloßzustellen, das brauche er sich nach achtzehn Dienstjahren nicht bieten zu lassen, das werde Folgen haben.

Es war Lindow nicht gelungen, im Gespräch mit beiden Seiten herauszufinden, was tatsächlich vor dem *Fürsten* geschehen war. Rapka hatte Kuhlebert, der Kandel völlig verdattert fragte, wie es ihm denn ginge, heftig an der Uniform gepackt und aus dem Zimmer geschoben.

»Ja, ich glaube, ich habe diese Frau noch gesehen. Ich meine lebend, Herr Kommissar.«

»Wann war das, Kandel?«

Kandel drehte sich zur Seite, während Lindow die Plastikplane wieder über die Leiche zog.

»Ich sehe jeden Tag so viele Leute. Ich weiß es nicht. Es kann an jedem Tag gewesen sein, den ich in diesem Hochhaus war. Montag, Dienstag, vielleicht sogar am Mittwoch.«

»Also am Mordtag«, Lindow bekam ein ungutes Gefühl. Nicht, dass er Franz Kandel diese Tat zutraute, das war ihm eine viel zu vage Spekulation, sondern eher, dass er früher darauf hätte drängen müssen, Kandel zu befragen. Immerhin war der Hinweis auf seine Anwesenheit in der Davoser Straße einen Monat alt.

»Ich fordere Sie noch mal auf, genau zu rekonstruieren, wann Sie mit Frau Merthen gesprochen haben. Und wir werden eine Tabelle anfertigen, wen Sie in welcher Reihenfolge in diesem Hochhaus aufgesucht haben.«

Kandel nickte.

Lindow sah, dass seinem Zeugen schlecht wurde. Deswegen bat er ihn in den Nebenraum. Als er die Tür geschlossen hatte, fragte er ohne Umschweife: »Werden Sie Anzeige erstatten, Herr Kandel?«

»Wieso?«

Kandel befühlte seinen Unterkiefer.

»Ich meine, Anzeige gegen die beiden Polizisten. Sie sind doch immerhin übel zugerichtet worden.«

»Die sind zu zweit.«

Lindow verstand, was Kandel damit sagen wollte.

»Aber Sie müssen Anzeige erstatten. Wer zahlt das, den Krankenhausaufenthalt und den Verdienstausfall? Schmerzensgeld?«

Kandel sah ihn an, als würde er dem Polizisten nicht trauen. Er machte einen Schritt in Richtung Fenster.

»Nein«, sagte Kandel.

»Das verstehe ich nicht. Habe ich das alles nur geträumt? Rippen angeknackt, Kinn ausgerenkt, blaue Flecken, innere Organe angeschwollen. Herr Kandel, das kann nicht Ihr Ernst sein.«

Kandel verzog das Gesicht.

Der Lastwagenfahrer Piet Loontjes pfiff den Schlager mit, der in seinem Autoradio erklang. *Bésame mucho,* die

Erinnerungen an seinen letzten Urlaub in Spanien wurden wach. Strand, soweit man blicken konnte, Bier, soviel man trinken konnte, Sonnenbrand und Paella.

Einmal die Woche machte Loontjes diese Tour in seine Heimat.

Schrottautos aus der Bundesrepublik aufladen, Papiere übernehmen, nach Holland fahren und dort günstig wieder aufarbeiten lassen, um sie dann per Schiffsfracht an Entwicklungsländer zu verkaufen. Er war Teilhaber dieses schwunghaften Handels. Sie waren zu viert. Ein deutscher Partner, drei Holländer.

Diese Tour war die gemütlichste.

Piet Loontjes fuhr gerne mit dem Tieflader.

Und auch das schäbige Aussehen der verbeulten Karossen machte ihm nichts aus.

Die Autobahn hinter Köln war meistens nicht sehr befahren. Nur am Wochenende, wenn der Grenzverkehr einsetzte, Butter und Zigaretten, dann konnte es voll werden.

Loontjes brachte seinem deutschen Partner jedes Mal zwei Stangen Zigaretten mit. Eine ganz offiziell neben sich, auf dem Beifahrersitz, und eine versteckt im Reserverad-Kasten. Das hatte seit Monaten immer gut funktioniert.

Überhaupt war diese Grenze eher ein offener Übergang. Immer, wenn er mit den Papieren ankam, zählten die holländischen Zöllner die Autos, zählten die Formulare, die bereits auf deutscher Seite überprüft worden waren, und wenn die beiden Zahlen übereinstimmten, konnte Loontjes weiterfahren.

Er hatte das seinem deutschen Partner erzählt, und sie überlegten schon, was man alles schmuggeln könnte. In Schrottautos war viel Platz.

Es waren noch zehn Kilometer bis zur Grenze.

Loontjes steckte sich eine Zigarette an, hörte den Wetterbericht und freute sich auf das Abendessen beim Indonesier in Arnheim. Er hatte Freunde eingeladen, wollte angeben, dass er eine solche Marktlücke entdeckt hatte. Ein bisschen mit dem verdienten Geld wedeln.

In ein paar Monaten wollte er einen zuverlässigen Fahrer suchen, dann brauchte er nicht mehr selbst auf dem Bock zu sitzen. Vielleicht gelang es ihnen ja, auch zwei Touren in der Woche zu bewältigen. Dann müsste der deutsche Partner allerdings noch mehr Material anliefern. Schrottautos gab es genügend, aber die Preise waren stets zu hoch und mussten runtergehandelt werden, und der Papierkram wurde immer mehr.

Loontjes dachte an seinen nächsten Urlaub, der sollte nach Australien gehen. Die ganze Familie. Vier lange Wochen. Gute Hotels, einen schnellen Wagen.

Leichter Nieselregen setzte ein.

Loontjes drosselte die Geschwindigkeit.

Die Werkstätten, die die Schrottautos wieder herrichteten, forderten ihn auf, mehr Wagen zu bringen. Sie waren bereit, Nachtschichten einzulegen und noch mehr Mechaniker zu beschäftigen. Es hing nur am deutschen Partner, dass sie nicht schneller expandierten.

Die zurechtgeflickten Autos sahen sogar wieder ganz flott aus. Lack war ein gutes Mittel.

Ein Porsche überholte den Tieflader mit hoher Geschwindigkeit.

Loontjes dachte an seinen Rover, mit dem würde er das Rennen aufnehmen, auch wenn der Rover nicht so spritzig war.

Der Porsche kam ins Schleudern und fuhr direkt in einen Lastwagen mit Hühnern hinein.

Loontjes bremste.

Zu scharf.

Die flatternden Hühner versperrten ihm die Sicht.

Er brach durch die Leitplanke.

Die Schrottautos machten sich selbständig.

Mit einem letzten Blick konnte der holländische Fahrer erkennen, dass auf der Gegenfahrbahn kein Auto fuhr.

Dann verlor er das Bewusstsein.

Als die Polizei eine Viertelstunde später eintraf, stellte sie fest, dass die demolierten Autos nicht ganz leer waren. In einigen befanden sich Waren, die normalerweise nicht so transportiert wurden. In einer Plastiktüte waren zwei Bilder im Silberrahmen und zehn goldene Kaffeelöffel.

Es würde eine Menge Arbeit kosten, das alles zu protokollieren. Der Fahrer des Lastwagens jedenfalls konnte nicht mehr erklären, wie es zu dieser seltsamen Ladung kam.

Lindow wollte gerade in die Mittagspause gehen, als Matthies ihm den Weg versperrte.

»Kommst du mal einen Moment herein?« fragte er ziemlich kühl.

»Wieso denn jetzt? Nach dem Essen höre ich dir gerne zu.« Aber Matthies winkte ihn in sein Büro.

»Mach die Tür zu, Wolfgang.«

Während Lindow dem Wunsch seines Chefs nachkam, begann er zu überlegen, was Matthies von ihm wollte. Meistens war es leicht zu erraten, diesmal fiel ihm jedoch nichts ein.

»Wolfgang, setz dich.«

»Jetzt ist's aber gut, Hans. Ich will zum Essen. Sag, was los ist, dann kann ich gehen.«

Matthies hatte sein Redegesicht aufgesetzt. Nur das nicht, dachte Lindow, wenn er mir jetzt wieder eine seiner Reden vortragen will, damit ich ihm sage, wo's noch hapert, dann gehe ich. Diese Angewohnheit hatte Matthies einen gewissen Ruf eingetragen. Nicht nur bei seinen Untergebenen war der Kriminaldirektor ein gefürchteter Redner, die Kollegen waren seine ersten Opfer. Matthies sprach bei

Akademien und Polizeischulen, öffentlichen Anlässen und Fernseh-Interviews. Matthies wurde immer dann geholt, wenn die Vorzüge der modernen Verbrechensbekämpfung gelobt werden sollten. Dann fiel Lindow ein, dass sein Chef ihm bestimmt jetzt keine Rede halten würde. Das Publikum war zu klein.

»Wolfgang, ich habe vorhin einen Anruf bekommen, der mich veranlasst, dir mitzuteilen, dass ich nicht gewillt bin ...«

Das Telefon unterbrach den geschwollenen Anfangssatz. Matthies wies den Anrufer barsch zurück, er wolle jetzt nicht gestört werden. Lindow ahnte, wer seinen Chef angerufen hatte.

Als Matthies den Hörer heftig auf die Gabel knallte, sagte Lindow: »6. Revier, was?«

»Der Revierleiter Meier bittet mich, dir einen Verweis zu erteilen. Ich werde das natürlich nicht tun, das versteht sich von selbst. Aber ich möchte dich inständig bitten, nicht weiter in dieser Sache zu bohren. – Wie geht es dem Mann eigentlich? Er soll ja schon wieder auf den Beinen sein.«

Matthies machte eine Pause. Dann fuhr er fort: »Wird er anzeigen?« Lindow zuckte mit den Schultern.

»Das ist ja seine Sache. Aber du, Wolfgang. Du hältst dich zurück. Das war es, was ich dir sagen wollte. Guten Appetit.«

»Gut Holz«, erwiderte Lindow, seinen Chef parodierend.

Auf dem Weg in die *Pfanne* hielt Lindow innerlich einen kleinen Monolog mit all dem, was er Matthies hätte erwidern müssen. Manchmal, wenn er längere Zeit geschwiegen hatte, kam er ins Monologisieren. Holte weit aus. Der Beruf. Die Auffassung vom Recht. Die Disziplin. Das Ansehen. Die notwendige Zurückhaltung bei der Ausübung von Polizeigewalt. Die beiden rechthaberischen Beamten, die beim nächsten Einsatz wieder genauso zuschlagen würden. Im Unterschied zu Matthies, veröffentlichte Lindow seine Reden nicht. Aber das sollte sich ändern.

Grünenberg reagierte sauer.

»Wolfgang, ich würde dich doch niemals als Quelle nennen. Was hältst du denn von mir?«

»Wenn du so fragst: Nichts!«

Das Kotelett war zäh wie ein Gummiknüppel.

Seit einigen Minuten tänzelte Grünenberg um Lindow herum: Mal bat er um Verständnis, er habe eine Dummheit gemacht, wolle vor den Kollegen nicht dastehen wie ein blindes Huhn, dann wieder forderte er im Namen der Freundschaft ein paar Auskünfte, zum Schluss sagte er, er werde es natürlich auch so herauskriegen.

»Gib mir nur einen kleinen Hinweis. Ich veröffentliche die Geschichte erst dann, wenn ich auch eine wasserdichte Quelle angeben kann. Und du, du kannst die Geschichte sogar lesen, bevor ich sie in Satz gebe. Einverstanden?«

Grünenberg hielt Lindow die rechte Hand hin.

»Klaus, du weißt genau, warum ich dir nichts sagen kann. Dienstgeheimnisse, steht im goldenen Buch, nicht an Außenstehende weitergeben, schon gar nicht an die Presse. Und du, du bist sogar beides. Also?«

Lindow nahm das Glas Mineralwasser und drückte es Grünenberg in die Hand.

»Mehr Wasser trinken, dann siehst auch du klarer.«

»Keinen Hinweis?«

Grünenberg trank das Mineralwasser in einem Zug leer.

Lindow zögerte: »6. Revier. Ende der Mitteilung.«

Er zog die Zeitung heran, schlug sie auf, versteckte sich dahinter.

»6. Revier, darauf hätte ich auch selbst kommen können«, sagte Grünenberg und grinste.

6

Vielleicht kann man von mir denken, dass ich mich in den Vordergrund spielen will, aber der Eindruck ist falsch. Es geht hier nicht um mich.

Sehen Sie, die Polizeiarbeit ist für mich und meine Kollegen immer ein notwendiges Übel gewesen: eine defekte Gesellschaft braucht Ordnungskräfte. Je defekter sie ist, desto mehr Ordnungskräfte braucht sie.

Ich bin nicht Polizist geworden, weil ich meinte, da könnte ich groß Karriere machen. Ich bin auch nicht Polizist geworden, weil ich Macht ausüben wollte. Vielfach wird in der Öffentlichkeit behauptet, Polizisten würden unter dem Deckmantel ihres Auftrages ihren Machthunger verbergen.

Solche gibt es auch. Aber für mich war das nie wichtig. Ich bin vielleicht Polizist geworden, weil ich es spannend fand. Weil da ein Stück Abenteuer drinsteckte. Aber das war nach ein, zwei Jahren schon befriedigt. Dann kommt Routine. Hier und da gibt es neue kriminologische Erkenntnisse, das interessiert mich, aber mehr als neunzig Prozent ist Routine. Wenn Sie mich fragen, warum ich Polizist geworden bin, dann kann ich nur sagen, es war Zufall. Der Freund meines Vaters war bei der Kripo. Die wohnten schräg gegenüber. Ich hatte meine Lehre als Autoschlosser abgeschlossen, aber überhaupt keine Lust, in dem Beruf zu arbeiten. Da habe ich umgeschult. Und bin mit ein paar Jahren Verspätung, zwischendurch war ich auch mal arbeitslos, zur Polizei gegangen. Aber das wird Sie nicht interessieren.

Ich habe die Anzeige gegen die beiden Kollegen geschrieben, weil ich glaube, dass wir nicht nur reden sollten. Sehen Sie, wenn in der Öffentlichkeit ein Fall bekannt wird, dann gibt es ein großes Hallo, die Polizei, brutal, schlägt zu, und was weiß ich alles. Jedes Mal passiert dann in unseren Amtsstuben eine innere Einkehr, so habe ich das mal genannt. Es werden Reden gehalten: was sich alles ändern muss. Und dass auch in unserem Bewertungssystem niemand mehr als gut eingeschätzt werden darf, der sich einen solchen Übergriff hat zuschulden kommen lassen. Und dass wir alle miteinander besser aufpassen müssen. Dass wir eine bessere Ausbildung brauchen.

Ich habe diese Anzeige geschrieben, weil ich hoffe, dass damit eine Diskussion beginnt. Innerhalb und außerhalb der Polizei, über das, was wir tun und was wir tun dürfen.

Das Image der »Bullen« ist nicht von ungefähr so schlecht. Die Leute sehen auf der Straße die Kelle und bekommen Angst. Die Leute lesen in der Zeitung, in einem Jahr werden rund dreißig Menschen erschossen, weil die Polizei vorschnell gehandelt hat. Und damit Sie es wissen, will ich auch dies noch sagen: Auch ich habe im Dienst mal einen Menschen verletzt, als er entwischen wollte, habe ich ihm ins Bein geschossen, das ist steif geblieben. Wissen Sie, was das für ein Gefühl ist? Ich habe noch heute Albträume davon. Obwohl es beinahe zehn Jahre her ist.

Um noch mal auf die beiden Kollegen zurückzukommen: Die machen ihren Dienst und schlagen über die Stränge. Aber was hat sie so weit gebracht, dass sie einen wehrlosen Mann verprügeln? Haben Sie mal jemanden geschlagen, bis er blutete? Dann können Sie sich nicht vorstellen, was das heißt, es zu tun.

Ich habe lange gezögert, die Anzeige zu schreiben. Habe mir das reiflich überlegt. Das kommt nicht aus Rachegefühlen gegenüber den beiden Beamten. Auch nicht, weil ich die Moral spielen will, wie ein Kollege das mir gegenüber nannte. Sondern ich denke, wenn wir wirklich etwas gegen die Übergriffe im Dienst tun wollen, dann können wir nicht einfach bloß zusehen, wenn sie geschehen.

7

Lindow hatte kaum geschlafen, als er den Schwurgerichtssaal betrat. Der Streit mit Helga, die ihm heftige Vorwürfe wegen dieser blöden Anzeige machte, er solle doch zugeben, dass ihn die beiden Kollegen mit ihrer Sturheit auf die Palme gebracht hätten. Die Entscheidung, Flagge zu zeigen und damit in unsicheren Gewässern zu segeln, hatte ihn bis in die frühen Morgenstunden beschäftigt. Nachdem er endlich eingeschlafen war, klingelte Helgas Wecker, sie musste zur Frühschicht.

Der Bauarbeiter saß auf der Anklagebank, das offene, weiße Hemd, der dunkelblaue Anzug, der ihm etwas zu groß war. Den Blick stur geradeaus gerichtet, auf den noch leeren Platz des Staatsanwaltes. Die Miene versteinert.

Langsam füllte sich der Saal.

Theater kostenlos, manchmal lehrreich, das waren für Lindow die Aufführungen im Gerichtssaal, dabei war er nicht mehr als dreimal im Theater am Goetheplatz gewesen. Wenn Kabarett angekündigt wurde, dann interessierte ihn das Theater, sonst nicht.

Er setzte sich in die letzte Reihe neben eine korpulente Frau, die sich mühselig aus dem Mantel schälte.

Es würde ein Fehlurteil werden, Justizirrtum, daran bestand für Lindow kein Zweifel.

Ein Mann kaute auf den Nägeln.

Nacheinander betraten Staatsanwalt und Verteidiger den Saal, gingen zu ihren angestammten Plätzen und begannen das Ritual der Verkleidung. Wie durch das Überwerfen einer schwarzen Robe aus einem normalen Bürger ein Mensch wird, der über die Zukunft anderer zu entscheiden hat, war immer wieder faszinierend. Dazu brauchte es strenge Gewänder.

Es wäre ja auch im Theater lächerlich, wenn Zuschauer und Schauspieler gleich gewandet wären.

Lindow war sicher, dass er eine falsche Rolle gespielt hatte, in diesem Mordfall hätte er dem Verteidiger zuarbeiten müssen, um den Angeklagten zu schützen.

Die hintere Tür des Gerichtssaals wurde geöffnet. Auftritt: der Richter, dahinter die Beisitzer, am Schluss die Protokollantin. Lindow kannte die Miene des Richters, er würde den Angeklagten verknacken.

Der Verteidiger sprach mit seinem Mandanten. Was konnte er ihm sagen? Ein fürsorgliches Gespräch, dass sie das zu erwartende Urteil nicht akzeptieren würden, dass sie in Revision gingen. Lindow spürte seinen Magen, die drei Tassen Kaffee, die er am Morgen in sich hineingeschüttet hatte, waren eine Überdosis. Aber er wollte wach sein.

Der Richter stand an seinem Platz.

Das Publikum erhob sich.

Lässig nahm auch Lindow Haltung an. Wenn es der Wahrheitsfindung dient, über diesen Satz eines Berliner Kommunarden hatte er oft lachen müssen.

»Im Namen des Volkes wird ...«

Der Staatsanwalt grinste. Am liebsten wäre Lindow aufgesprungen und hätte ihn angeschnauzt.

»Zwölf Jahre wegen Totschlag in Tateinheit mit Vergewaltigung.« Der Vorsitzende Richter setzte sich, die Prozessbeteiligten und das Publikum folgten seiner Aufforderung.

»Die Begründung im Einzelnen.«

Immerhin war er drei Jahre unter dem Strafmaß, das der Staatsanwalt gefordert hatte, geblieben. Aber das Urteil war falsch, daran zweifelte Lindow keine Sekunde.

Mit einem Ruck erhob sich der Bauarbeiter.

»Die Mörder sitzen da und da.«

Er zeigte auf den Richter und den Staatsanwalt.

»Ich bin unschuldig.«

»Nehmen Sie bitte Platz«, versuchte der Richter ihn zu beruhigen, »ich verlese das Urteil.«

Der Verteidiger bemühte sich um seinen Mandanten, aber es gelang ihm nicht, den Bauarbeiter zum Hinsetzen zu bewegen. Er blieb stehen.

Lindow hielt es nicht länger auf der Holzbank.

Er ging und knallte die Tür zum Besucherraum zu.

Ein paar Minuten später, im Präsidium angekommen, war ihm klar, dass er entgegen jeder Dienstvorschrift den Verteidiger des Bauarbeiters aufsuchen wollte.

Es war Donnerstag, zehn Uhr fünfzehn, als Lindow sein Büro betrat. Die Akten rochen.

Der Schreibtisch war wie immer aufgeräumt. Lindow hängte seinen Mantel auf einen Bügel in den Schrank und schaltete das Licht an, weil der graue Januartag nicht genügend Helligkeit bot.

Bitte dringend um Vorsprache. Mat stand auf einem Zettel, in penibler Handschrift, kleine Buchstaben, gestochen scharf. Lindow dachte, dass er damit hätte rechnen müssen. Dennoch war er überrascht. Am Morgen hatte er seinem Chef die Anzeige gegen die Kollegen auf den Schreibtisch gelegt, bevor er zum Gericht gegangen war. Das war der Dienstweg, die Anzeige musste über Matthies laufen.

Er drehte sich um und schaltete das Licht wieder aus.

Matthies war nicht in seinem Zimmer.

Lindow ging zu seiner Sekretärin.

»Da haben Sie ein verspätetes Weihnachtsgeschenk mitgebracht«, sie sah Lindow unverwandt an, ihre Ohrringe waren rot, »der Chef tobt.«

»So«, sagte Lindow.

»Er ist außer sich. Er hat Ihnen doch gestern erst gesagt, Sie sollen …«, die Sekretärin unterbrach sich.

»Ich war eben nicht artig«, Lindow lachte. »Wann ist er zu sprechen?«

Die Sekretärin, die erst vor kurzem in Matthies Vorzimmer gesetzt worden war, blätterte wichtigtuerisch im Terminkalender. »Heute Nachmittag, aber nicht vor 15 Uhr 30.«

»Dann werden wir ja wohl einiges zu hören bekommen. Ich meine uns beide.«

»Mir steht ja kein Urteil zu, Herr Lindow, aber ich halte das für eine Schweinerei.«

»Was?« fragte Lindow und ging.

Franz Kandel nahm seinen Dienst wieder auf. Diesmal war es die östliche Vorstadt, in der er versuchte, seinen Versicherungen Kunden zu beschaffen.

Seine Arbeitsmethode war eingespielt und erfolgreich, auch wenn davon die Versicherungen nichts merkten. Er schaffte stets sein Minimum, sodass man ihn halten musste. Aber alles, was er darüber hinaus abschloss, ließ er dem Konzern zukommen, der ihm die beste Provision zahlte.

»Sie werden bestimmt schon gegen alles versichert sein, gnädige Frau, und deswegen ist mein Besuch ganz überflüssig, aber ich will Sie auch nicht zu neuen Abschlüssen überreden, wie das meine Kollegen zu tun pflegen, sondern ich will mit Ihnen die vorhandenen Policen sortieren. Wenn Sie mich bitte dazu hereinlassen würden.«

Die Hausfrau, die gerade dabei war, die gute Stube wieder auf Vordermann zu bringen und war nicht wenig verdutzt, als sie Franz Kandel mit schiefem Kinn vor ihrer Etagentür empfing. Mit dem musste man ja Mitleid haben. »Kommen Sie doch rein. Und lassen Sie sich nicht von der Unordnung stören.«

Franz Kandel steuerte sofort das Wohnzimmer an. Sein Blick schweifte umher. Da gab es einige interessante Dinge zu besichtigen. Auf dem Fernseher lag ein Portemonnaie. Die kleine Silberkanne aus echtem Sterling auf der Anrichte war auch nicht zu verachten. Franz Kandel hatte einen Blick für diese kleinen Dinge.

»Darf ich Ihnen einen Kaffee anbieten?«

»Das ist sehr nett von Ihnen, ich hätte nicht gewagt, danach zu fragen.«

»Dann müssen Sie sich ein wenig gedulden.«

Die Hausfrau verschwand.

Franz Kandel inspizierte das Portemonnaie. Da waren immerhin drei Fünfzig-Mark-Scheine drin, von denen er zwei herauszog und sich in die Jackentasche steckte. Er schätzte, dass die kleine Sterlingkanne gut und gerne ihre zweihundert Mark bringen konnte, aber die wollte er erst zu einem späteren Zeitpunkt an sich nehmen. Es brauchte ja nicht der letzte Besuch zu sein. Obwohl, dachte Kandel, dann müsste ich die hundert Mark erst mal wieder abgeben.

»Es dauert noch ein wenig«, kam es aus der Küche.

»Kann ich Ihnen ein bisschen helfen?« Für den Versicherungsvertreter war dies der geeignete Moment, in die anderen Zimmer zu schauen. Wenn er auch feststellen musste, dass die gute Stube wie meistens die Familienschätze beherbergte. Mal war es ein wertvolles Buch, mal zwei Stücke aus einer Münzsammlung. Es fand sich immer etwas Unauffälliges, was niemand sofort vermissen würde. Die Hausfrau hatte ihre Schürze abgelegt, füllte aus einer Tüte Plätzchen auf einen Teller, nahm die Kanne aus der Kaffeemaschine.

»Wir gehen am besten wieder rüber«, sagte sie, »und dann trinken wir gemütlich Kaffee. Dabei können Sie mir in Ruhe erzählen, was Sie von mir wollen.«

Franz Kandel sah die Plätzchen und dachte an die Provision für diesen Besuch, die er bereits in der Tasche trug.

Fritz Pinneberger war nicht wenig erstaunt, als Matthies ihm an diesem Morgen telefonisch den Fall Merthen übertrug. So etwas war in seinen zwölf Dienstjahren noch nicht vorgekommen. »Ich möchte, dass der Fall gelöst wird«, hatte Matthies zur Erklärung gesagt.

»Aber das ist Lindows Fall«, wandte Pinneberger ein, der es sich mit seinem Kollegen nicht verderben wollte. »Der ist nicht da. Sehen Sie in den Ticker, es gibt eine wichtige Meldung: die zwei Bilder und die Kaffeelöffel sind an der holländischen Grenze aufgetaucht.«

»Aber umso mehr ist es dann ...« Pinneberger fürchtete den Konflikt mit Lindow.

»Ich muss jetzt los.« Matthies legte auf.

Pinneberger fiel ein, warum Lindow nicht da war. Letzter Prozesstag im Mordfall Klein. Aber so lange konnte das nicht dauern. Urteilsverkündigungen dauern meist nicht mehr als eine Stunde, dachte er und gab Matthies Verlangen nach. Es war kein Problem gewesen, herauszufinden, wie der deutsche Partner von Piet Loontjes hieß. Handelsregisterauszug, ein paar Telefonate. Pinneberger hatte seine Recherche aufgeschrieben und wartete, dass Lindow erschien. Wenn man mir einen Fall wegnehmen würde, er versetzte sich in Lindows Lage, dann würde ich ... Es war eine Schweinerei, was Matthies von ihm verlangte, nur weil der Hauptkommissar jetzt nicht in seinem Büro war.

Kurz vor zehn hatte Pinneberger das Präsidium verlassen, ein flaues Gefühl im Magen; er wollte Lindow berichten; ich hab dir den Weg erspart, wollte er sagen, nichts für ungut, Lindow, du musst das verstehen, du kannst mir ja auch irgendwann mal einen Gefallen tun.

Es war ein Privathaus in der Westerholzer Straße. Zweiter Stock. Eins von den Gebäuden aus den fünfziger Jahren, die sich bis aufs Treppenhaus glichen. Architektonischer Kapitalismus, Zweckbau ohne Gesicht. Immer vier Parteien auf einer Ebene, vier Stockwerke hoch. Einfache Rechenaufgaben für Bauzeichner.

Pinneberger klingelte. Einmal. Zweimal.

»Wir brauchen nichts, wir haben alles. Wir geben auch nichts«, kam es hinter der Tür hervor.

»Kriminalpolizei. Würden Sie bitte öffnen?«

Er hörte ein Räuspern. Konnte sich vorstellen, wie sich jetzt die männliche Stimme, die gerade noch triumphierte, zu einem kleinlauten Stimmchen verändern würde.

»Berg. Christian Berg.« Der schwarzhaarige Schlaks, der ihm die Tür öffnete, hatte Ähnlichkeiten mit einem Schauspieler.

»Pinneberger, Mordkommission. Sie sind geschäftlich verbunden mit einem holländischen Unternehmen. Ist das richtig?

Berg nickte. »Kommen Sie doch bitte herein. Es sieht zwar nicht gerade aufgeräumt in meinem Büro aus, aber bitte.«

Das kleine Zimmer, Bergs Büro, war eine Rumpelkammer. Die Gegenstände, die hier übereinander und nebeneinander aufgestapelt waren, ließen auf einen Antiquitätenhändler schließen.

»Ich habe schon gehört von diesem Unfall, den Piet hatte«, sagte Berg und wies Pinneberger den einzigen freien Stuhl zu. Er selbst blieb stehen.

»Ich habe eine Meldung erhalten, aus der hervorgeht, dass an der Unfallstelle Gegenstände gefunden wurden, die im Zusammenhang mit einer Mordsache stehen. Können Sie sich einen Reim darauf machen?«

»Ich handle mit Schrottautos.«

»Das weiß ich, aber ich muss eine Überprüfung durchführen. Wir werden die Gegenstände in ein paar Tagen hier haben. Dann bitte ich Sie, sich die Sachen mal anzusehen.«

»Aber gerne.« Berg lächelte.

»Handeln Sie auch mit diesem Plunder hier?«

Pinneberger besah den Ölschinken, der direkt neben seinem Stuhl stand. Ein Stillleben, volle Obstschale mit leerer Rotweinflasche.

»Nein, nein«, gab Berg zur Antwort, »das stammt aus der Haushaltsauflösung meiner Tante. Ich hatte keinen Platz dafür. Sie ist letzte Woche gestorben.«

»Mein Beileid«, rutschte es Pinneberger heraus. »Ich rufe Sie dann an, Herr Berg.«

»Ich habe einen automatischen Anrufbeantworter geschaltet, wenn ich nicht zu erreichen bin.«

Pinneberger verabschiedete sich.

Als er vor der Tür stand, wusste er, dass er sich wie ein Anfänger benommen hatte. Aber die Sache mit Lindow ging ihm nicht aus dem Kopf. Es blieb eine Schweinerei, die Matthies ihm aufgezwungen hatte.

»Da ist natürlich eine sofortige Rücksprache nicht möglich, mein lieber Hans, wenn du den ganzen Tag Termine außerhalb hast.«

Lindow war nicht zum Mittagessen gegangen, weil er Matthies abpassen wollte. Ihm war klar, dass sein Chef die Anzeige, die er ihm am Morgen auf den Tisch gelegt hatte, so nicht weiterleiten würde. Ihm war auch klar, dass Matthies versuchen wollte, ihn davon abzuhalten.

»Ich war da, aber du nicht«, knurrte der Kriminaldirektor. »Ich weiß überhaupt nicht, wieso für dich Dienstzeiten mehr ein Anhaltspunkt sind als eine Verbindlichkeit.«

»Entschuldige, ich war im Prozess. Das nimmt mich sehr mit.«

»Wieviel hat er gekriegt?«

»Zwölf Jahre.«

Matthies sah auf.

»Gehen sie eben in die Revision. Dafür gibt's doch Gerichte.«

»Aber der Mann ist unschuldig.«

»Weißt du es?«

Das Gespräch war unterbrochen. Lindow wartete, dass sein Chef das Thema wechselte.

»Am Wochenende wieder zu Werder?« fragte Matthies.

»Sicher.« Lindow ließ sich darauf ein. Er kannte Matthies

lange genug, um zu wissen, dass der erst ein paar Kurven drehte, um dann auf sein Ziel loszufahren.

»Heute Morgen sind im Ticker deine Verlustmeldungen aufgetaucht. An der holländischen Grenze.«

»Ich weiß«, sagte Lindow, »und du hast ja gleich dafür gesorgt, dass wir nicht träge sind, und Fritz in Gang gesetzt. Schönen Dank, dass der nun meinen Job übernimmt.«

Der letzte Satz war nicht ohne Schärfe gesagt, das Gespräch nahm eine Wendung.

»Ich möchte, dass du dich fortan nicht mehr um den Fall Merthen kümmerst. Das wird mir zu eng. Schließlich ist der Herr Kandel, für den du dich ins Zeug legst, ja mit der Sache verbunden. Ich sehe einen möglichen Vorwurf auf mich zukommen, Begünstigung im Amt, da möchte ich dich vor bewahren.«

Lindow sah den Kriminaldirektor lange an. Er hätte zu gerne gewusst, mit wem er zu Mittag gegessen hatte. Er würde wetten, dass dabei über seine Anzeige gesprochen worden war. Mantz oder der Personalrat?

»Du sagst gar nichts dazu, Wolfgang.«

»Was soll ich dazu sagen? Meinst du, ich finde es großartig, wenn Pinneberger jetzt im Fall Merthen aktiv werden soll, gerade in dem Moment, wo sich eine winzige Spur ergibt?«

Matthies grinste. Er setzte diese schiefe Miene immer dann auf, wenn er sich der Würde seines Amtes bewusst war.

»Du willst mich damit bestrafen. Meine Anzeige, die erfordert eine Bestrafung.«

»Das hat überhaupt nichts damit zu tun, wenn man mal davon absieht, dass Kandel mit drinhängt. Du warst heute Morgen nicht an deinem Platz. In Sachen Privatvergnügen unterwegs, mal wieder. Da habe ich Pinneberger beauftragt. Und es ist wohl auch besser so.«

Lindow brauchte keine weiteren Erklärungen.

Es war das zweite Mal an diesem Tag, dass er eine Tür zuknallte.

8

Grünenberg wartete, bis sein Kollege Mammen das Zimmer verlassen hatte. Diesen Anruf wollte er nicht in Gegenwart eines Kollegen machen, sonst würde er wieder tagelang in der Redaktion zu hören bekommen, er sei ein Untergrundjournalist.

Er hatte sich die spärlichen Artikel herausgesucht, die bereits über die Aktivitäten des 6. Reviers erschienen waren. Merkwürdige Meldungen, meist verklausuliert, wie Geheimzeichen, die nur Insider verstehen, kurze Meldungen über einen Zwischenfall oder einen Vorfall, über eine Anzeige eines unschuldigen Bürgers, der auf dem 6. Revier mit einem Schlüsselbund einen Schlag ins Gesicht erhalten hatte. Ein einziger Artikel mit vielen Fragezeichen war erschienen: Wie lange will sich der Polizeipräsident noch die Vorkommnisse auf der Wache 6 gefallen lassen? Damals war es um eine Unterschlagung gegangen, Diebesgut tauchte plötzlich in der Wohnung eines Beamten auf.

Grünenberg hatte Zeugen gesucht, die auf dem 6. Revier festgehalten wurden, einer sollte eine ganze Nacht dort im Stehen verbracht haben. Ein angeblich Inhaftierter behauptete, eine Zelle dort sei so niedrig, dass man in ihr nur hocken konnte, aber es gab keine Zellen in der Wache 6. Die Aussagen waren widersprüchlich. Dann hatte Grünenberg versucht, in die Phalanx der Beamten einzudringen. Von einer Bekannten wusste er, dass es dort einen Wachtmeister gab, der sich sehr unwohl fühlte, der bereit sei, Handfestes auszupacken. Er hatte lange mit dem Mann gesprochen: Er packte tatsächlich aus, aber als Grünenberg es schreiben wollte, da stoppte ihn der Polizeibeamte wieder. Hatte Angst, dass man ihn entdeckte. Wollte auf keinen Fall ins Schussfeld geraten.

Grünenberg ließ den bereits geschriebenen Artikel in seinem privaten Archiv verschwinden. Auf Pressekonferenzen hatte er Mantz mehrfach befragt, aber der ließ sich zu keiner Bemerkung hinreißen.

Es war kein großes Problem, die Stimme des Polizeipräsidenten zu imitieren. Sein rollendes R, das so gar nicht nach Norddeutschland passte, und seine gedehnten Vokale hatte Grünenberg schon oft studieren können. Er wählte die Nummer des 6. Reviers.

Ließ sich mit dem Leiter verbinden.

»Der Innensenator wünscht die Klärung eines Vorfalls«, sagte er, wobei das Wort Vorfall auszusprechen fast zwei Sekunden dauerte, »In Ihrem Revier soll es wieder mal zu einer Schlägerei gekommen sein. Bitte schildern Sie mir, was vorgefallen ist.«

Grünenberg spürte die Unsicherheit des Revierleiters Meier. Er konnte ihn sich vorstellen, wie er mit der Hand die Telefonschnur zwirbelte. Der Vorgesetzte wünschte eine Erklärung. »Ich bin auch nicht so genau im Bilde. Es geht um die Vorführung eines Zeugen, drüben bei der Kripo bei Hauptkommissar Lindow. Mehr weiß ich auch nicht.«

»Um welche Beamten handelt es sich? Die Namen bitte.«

Grünenberg hatte den Kugelschreiber parat. War er also drauf reingefallen? Warum war ihm das nicht schon früher in den Sinn gekommen?

»Mit wem spreche ich?« fragte der Revierleiter.

»Die Namen bitte«, wiederholte Grünenberg und dehnte das Wort Namen ausführlich.

Die Leitung war unterbrochen.

Er hatte aufgelegt.

Einen Moment lang dachte Grünenberg daran, die Telefonaktion zu wiederholen, aber das war sinnlos. Meier würde zwar nicht darauf kommen, wer ihn anrief, aber er würde auch nichts mehr sagen.

Die Vorführung eines Zeugen, das hatte Lindow gemeint, drüben bei der Kripo. Also war am Montag jemand bei Lindow vorgeführt worden, denn abends waren sie zusammen beim Sechs-Tage-Rennen gewesen. Es sollte nicht so schwer sein, herauszufinden, wer da vorgeführt worden war. Und wenn er Lindow noch mal anrufen musste, aber es gab auch andere Wege.

Grünenberg malte ein kleines a auf ein weißes Blatt Papier, das ihn daran erinnern sollte, dass er dieser Sache nachging. Dann zog er die Schreibmaschine heran, um seinen Artikel für die morgige Ausgabe zu schreiben. Er war schon wieder eine halbe Stunde zu spät dran. Thema: Wie wird die diesjährige Kohl- und Pinkelsaison? Immerhin hatte es noch keinen richtigen Frost gegeben.

»Ich will dir eins sagen, damit du klarsiehst: Sobald sich hier etwas gegen mich zusammenbraut, kannst du drei Kreuze schlagen«, Christian Berg war laut geworden.

Er stand in seiner Rumpelkammer und schimpfte. Wer konnte denn schon damit rechnen, dass seine Geschäft durch einen Verkehrsunfall aufflogen? Dabei war alles so einfach gewesen. Nicht mal Piet wusste Bescheid. Er brauchte nur die Waren einzuladen, in seine Schrottautos, unter die Sitze, ins Handschuhfach, in den Motorraum, seinem Freund in Holland mitzuteilen, wo sich die Ware befand, und der holte sich den kostenlosen Transport auf Piets Abstellplatz. Meistens nachts.

»Du bringst mich in eine verteufelte Lage. Hier schnüffeln sie rum. Ich darf antanzen, weil die beiden Bilder und die Kaffeelöffel wiederauftauchen. Kann sich nur um ein paar Tage handeln. Aber das mach ich nicht alleine ab. Das sag ich dir.«

Als der Beamte von der Mordkommission gegangen war, fiel es Berg wieder ein. Die beiden Bilder im Silberrahmen und die goldenen Kaffeelöffel, die er in dem roten Mercedes unterm Vordersitz verstaut hatte, waren in der Zeitung abgebildet gewesen. Es dauerte nicht lange, da fand er die Ausgabe.

»Ich sitze nicht hier und warte, bis die mir einen Mord anhängen. Das glaubst du doch selbst nicht. Hast du die Frau umgebracht, Franz?«

»Ich glaub, du tickst nicht richtig. Bei meiner Methode bleibt jeder am Leben.«

Kandel steckte sich eine Zigarette an. Er zitterte.

Wenn Berg ihn bei der Polizei anschmierte, dann konnte er sich ausrechnen, wie man ihn unter Druck setzen würde. Die Schläge, die er eingesteckt hatte, waren nur ein harmloser Anfang gewesen. Aber Berg hing selbst mit drin.

»Ich hab die Ware nie gesehen, nichts damit zu tun«, fing Berg wieder an. Seine hektische Sprechweise und sein fahriges Auftreten ließen ihn bei der Polizei nicht sehr glaubwürdig wirken, Kandel traute ihm nicht zu, dass sein Partner einem Kreuzverhör standhielt.

»Das ist am besten. Alles abstreiten. Ich werde ein paar Andeutungen machen. Dass Piet schon immer nach Waren fragte, die er noch mit aufladen konnte, aber dass ich das immer abgelehnt habe. Dem schadet es nicht mehr.«

Kandel packte das Sterling-Kännchen wieder ein. Die zweihundert Mark, die er dafür fordern wollte, konnte er abschreiben. Er musste sich einen neuen Hehler suchen.

»Am besten ist, wir sehen uns eine Zeitlang nicht«, sagte er. »Du weißt ja, wo du mich findest.«

Er drückte die gerade angerauchte Zigarette aus.

Pinneberger fühlte sich nüchtern, trotz der drei doppelten Wodka. Er hatte nicht vor, die Ladung zu vergrößern, aber die Frau, die seit dem Wechsel der Bedienung den Tresen übernommen hatte, gefiel ihm.

Ihre kurzen, blonden Haare, ihr schön geschnittenes Gesicht, die lässige Haltung und die schnippischen Äußerungen, die gar nicht zu einer Bardame passten. Sie war nicht auf Kundenfang.

Nach der Auseinandersetzung mit Lindow hatte Pinneberger das Präsidium verlassen. Sie hatten sich nicht mal angebrüllt. Lindow hatte ihn einen guten Freund genannt, der sich nicht zu schade sei, dem Chef den Hintern zu wischen. Und Pinneberger hatte erwidert, dass Lindow schon immer eine Mimose gewesen sei, die es nicht ertragen könne, wenn jemand neben ihm Erfolg hatte. Lindow gratulierte ihm zu dem Fall Merthen, da habe er zwar schon manchen Stein gewälzt, aber ein Ende sei nicht abzusehen. Pinneberger hatte die Herausforderung angenommen, er werde sein Köpfchen anstrengen.

Seitdem er die *Rote Spinne* betreten hatte, gegen sechs Uhr abends, war dieses flaue Gefühl wieder da. Dieses Unbehagen, dass er Lindow hintergangen hatte. Er hätte zwar den Partner herausfinden können, der auf deutscher Seite mit Piet Loontjes zusammenarbeitete, aber er hätte nicht zu ihm hinfahren dürfen. Außerdem war er dort aufgetreten wie einer, der ihm Ware andrehen will, hatte ihn gewarnt, anstatt ihn unter die Lupe zu nehmen.

»Wollen Sie noch einen?« fragte die Frau.

»Nein. Ja. Gut, noch einen Doppelten.«

Die Frau schenkte ein. Geschickt, wie sie das machte.

»Jahrelange Übung, was?« Pinneberger sagte das voller Anerkennung.

»Irrtum. Es ist das erste Mal.«

»Wie bitte? Das sagen sie alle, das erste Mal. Dass ich nicht lache.«

Er trank seinen Wodka in einem Zug aus.

»Doch, ehrlich.«

»Dann tippe ich auf Röntgenassistentin.«

»Auf was?«

»Ich kannte mal eine Prostituierte hier im Viertel, die sagte, sie sei Röntgenassistentin.«

»Ach, Sie gehen in den Puff?«

»Nein, nein, das war nur einmal.«

»Das sagt ihr alle. Nur einmal. Dass ich ...«

Die Tür ging auf.

Ein angetrunkener Mann kam herein und bestellte eine ganze Flasche Cognac.

Die Frau zögerte einen Moment.

Der Mann schrie.

»Fünfundachtzig Mark«, sagte die Frau ganz ruhig. »Erst zahlen, dann die Flasche.«

Der Mann legte zwanzig Mark auf den Tisch und verlangte Cognac, aber den guten.

Pinneberger stand langsam auf, die Wodkas taten ihre Wirkung. Vorsichtig fasste er den Mann an der Schulter, drehte ihn dem Ausgang zu.

»Das hier ist keine Trinkhalle, sondern ein vornehmes Etablissement, da musst du schon was auf der Naht haben, mein Bester.«

Der schwere Samtvorhang schwankte leicht, als Pinneberger den Betrunkenen hinausgeschoben hatte.

»Danke«, sagte die Frau, »ich wusste gar nicht, dass Sie als Rausschmeißer arbeiten.«

»Doch, da liegt meine eigentliche Stärke.«

Sie nahmen beide wieder ihre Plätze ein.

Sie neben der Kasse.

Er auf dem rot gepolsterten Barhocker.

»Nun mal im Ernst, wieso arbeiten Sie hier zum ersten Mal?« Pinneberger wollte die Unterhaltung gerne fortsetzen.

»Ich studiere, wenn Sie es genau wissen wollen, Sozialpädagogik. An der Uni. Von dem hier lebe ich.«

»Fälle gibt es ja genug hier. Nicht?«

»Das heißt bei uns Feldforschung. Soziale Devianz, wenn Ihnen das was sagt.«

»Sehr viel sogar«, log Pinneberger, dem dieser Begriff gar nichts sagte.

»Sind Sie auch im sozialen Bereich tätig? Zwei Sozialarbeiter unterwegs, bei der Erkundung der Klientel?«

Pinneberger wusste, was jetzt kam. Gleich fragte sie, was er denn beruflich mache, er würde sagen, er wäre bei der Kripo, und dann würde die Unterhaltung einen anderen Verlauf nehmen. Dann würde die Frau sich langsam zurückziehen, es würde eine Distanz entstehen, dann würde er bezahlen und gehen.

»Ich arbeite beim Senat«, sagte Pinneberger, »Hafen. Das ist mein Gebiet. Kennen Sie sich da aus?«

»Ja, ein bisschen. Mein Vater fährt zur See. Den habe ich in den letzten Jahren zusammengenommen vielleicht einen Monat gesehen. Und was machen Sie da genau?«

Sie hielt die Wodkaflasche in der Hand und schenkte ihm unaufgefordert nach.

Pinneberger dachte angestrengt nach. Hafen, Hafen, da war doch der Fall dieses Lagerarbeiters, der mit dem Kanthaken seinen Vorarbeiter umgebracht hatte.

»Ich bin für die Unständigen zuständig. Das klingt komisch, aber so ist es.«

»Unständigen?« fragte die Frau.

»Das sind die, die nicht in festen Verträgen arbeiten, mal werden sie gebraucht, mal wieder nicht.«

»Noch nie gehört das Wort.«

Sie blieb auf der anderen Seite der Theke stehen.

»Wollen Sie nicht auch einen? Hab heute meine Spendierhosen an.«

Sie lächelte.

Lindow war geflohen.

Seit mehr als zwanzig Minuten saß er in seinem Opel Kadett und rauchte eine Zigarette nach der anderen. Er hatte keine Lust, in der Kneipe auf die Skatbrüder zu warten.

Helga hatte ihm so das Abendessen versalzen, dass er kaum etwas runterkriegte.

»Du mit deinem Größenwahn. Wer bist du denn überhaupt? Du weißt doch genau, dass deine Anzeige die beiden Kollegen den Job kosten kann. Dann stehen sie auf der Straße. Willst du das verantworten, Wolfgang?« Sie hatte ihn mit Fragen überschüttet, ihn gar nicht erst antworten lassen. »Das muss sich einer mal vorstellen: die Kollegen anschwärzen. Hättest doch mit ihnen reden können. Aber das ist ja nicht deine Sache. Nicht reden, sagst du. Handeln willst du. Und was kommt dabei heraus? Wenn es böse für die ausgeht, zwei arbeitslose Polizisten. Das ist dann deine Leistung. Aber du willst ja unbedingt mit dem Kopf durch die Wand.«

Wenn Helga nicht so verdammt recht gehabt hätte, mit dem, was sie sagte, dann hätte ich auch darauf antworten können. Aber die Anzeige war geschrieben.

Lindow hatte im Rückspiegel beobachtet, dass Ritter schon ihre Skatkneipe betreten hatte. Fehlten nur noch Pinneberger und Homann. Noch zwei Minuten, dann war es genau acht. Er war gespannt, wie Pinneberger sich nach ihrem Streit verhielt. Aber Skat war Skat, da wurde niemals über die Arbeit gesprochen. Es war sogar verboten. Wenn einer anfing, musste er eine Mark in die gemeinsame Kasse zahlen. Da waren sich die vier Skatbrüder einig.

Homann kam um die Ecke. Mit schnellen Schritten, er wollte pünktlich sein. Denn auch Verspätung konnte mit Geldstrafen geahndet werden.

Lindow stieg aus. Der Rauch entwich aus dem Auto.

Nacheinander betraten sie die Kneipe.

»Jetzt fählt nur noch der Pinneberger, heilig's Blechle, den lasse mer zohle, gell?«

Sie gaben sich die Hand.

Homann zögerte einen Moment, dann lachte er Lindow an. »Du willst heute hoch aufspielen, was?«

Lindow sagte: »Ich freu mich schon den ganzen Tag auf unsern Skat. Diesmal zieh ich euch die Hosen stramm.«

»Mer werden's sehe«, Ritter nahm einen Schluck von seinem Viertele. Nur langsam konnte er den Wirt daran gewöhnen, dass er niemals Bier trinken wollte, auch wenn er noch so betrunken war, sondern immer nur Trollinger. Viertelweise.

»Hast du schon gehört, was sich unser Skatbruder geleistet hat?« fragte Homann den Kollegen vom Raubdezernat.

Ritter nickte.

»Also Wolfgang, ich finde, das kann man nicht machen. Gab es denn keine andere Möglichkeit?«

Lindow war sich klar, dass im ganzen Haus bekannt wurde, was er vor zwölf Stunden seinem Chef auf den Tisch gelegt hatte. »Eine Mark«, erwiderte er.

»Die zahle ich, aber ich will eine Erklärung.« Karl Homann war bei den Politischen, dem 10. Kommissariat.

»Die kannst du haben. Aber ich habe keine Lust, eine Mark zu zahlen.«

»Solang der Pinneberger noch nicht da ist, gilt die Regelung nicht. Keine Ausflüchte. Warum hast du geschrieben?«

Die Skatrunde bestand schon seit drei Jahren, und alles, was Tradition hat, muss in bestimmten Bahnen ablaufen, damit niemand aus der Reihe tanzt. Eine Frage war erlaubt, aber keine Kritik.

»Ich hatte keine Lust, das Fehlverhalten der beiden Kerle zu decken. So ist das. Und als ich sie drauf angesprochen habe, fühlten sie sich auch noch im Recht.«

Lindow bestellte ein großes Bier.

Homann war diese Auskunft nicht genug, das spürte Lindow ganz genau. Sein jugendliches Aussehen täuschte darüber hinweg, dass er bereits Ende vierzig war, sein kleines Lippenbärtchen machte ihn jünger. Aber Homann, das war einer von den Hartgesottenen, er wollte mehr Polizei statt weniger, mehr Ausrüstung, mehr Befugnisse.

»Ich will dir noch eins sagen, Karl: Du hättest den Zeugen sehen sollen. Wie die beiden ihn zugerichtet haben. Dann würdest du jetzt auch anders reden.«

Ritter rückte auf seinem Stuhl. Aber er sagte nichts. Ab und zu sah er mit großer Armbewegung auf die Uhr. Seine schwäbische Geduld war am Ende.

»Mer könne doch auch so anfangen. Fritz trägt alle Verluste mit«, schlug Lindow vor. Er hoffte, dass sich beim Skatspiel die Verstimmung zwischen ihnen wieder löste.

»Ha noi, des goht fei nedd. Mir sin vier und spiele zu viert.« Mit einem Mal dämmerte es Lindow. Pinneberger kümmerte sich um seinen Fall. Vielleicht war er weitergekommen, wollte ihn in einem Rutsch lösen, wollte dem alten Kollegen zeigen, was ein junger Spund vermag. Der Schrotthändler, vielleicht ist Pinneberger ihm jetzt gerade auf den Fersen. Er ärgerte sich. Matthies hatte ihn aus dem Rennen genommen, aber das würde ein Nachspiel haben.

»Man muss sich richtig in Acht nehmen vor dir, Wolfgang, wenn du mal hinter einem her bist, was?« Homann nahm den Faden wieder auf.

»Komm, lass diese Töne. Wenn du morgen in mein Büro kommst, dann können wir uns gerne ausführlich darüber unterhalten.«

Lindow versuchte, das Gespräch abzubrechen.

Das reizte Homann.

Die nächsten zehn Minuten musste sich Lindow verteidigen. Kurze Fragen, lange Antworten. Lange Fragen. Er hatte zwei gegen sich, denn der Kollege vom Raubdezernat stimmte Homann zu.

Es war schon halb neun, als Ritter sich mitten in der anhaltenden Diskussion erhob.

»Weißscht, was du für mi bischt? E rechts Kameradeschwein. So, un jetzt gang i heum. Guts Nächtle.«

9

Kurz nach sechs klingelte das Telefon.
Lindow drehte sich auf die andere Seite.
»Helga, nimmst du ab?«
Das Telefon klingelte weiter.
Helga war schon aus dem Haus. Frühschicht.
Lindow nahm den Hörer in die rechte Hand und schob ihn zwischen Kopf und Kissen.
Er meldete sich mit einem ausführlichen Gähnen.
Die Einsatzzentrale teilte ihm mit, dass in der Davoser Straße eine Frau ermordet worden sei. Lindow bedankte sich für diesen Weckruf. Die Einsatzzentrale ließ es nicht an Morgenwitz fehlen: »Wir haben Sie ja schließlich nicht umgebracht, Herr Hauptkommissar.« Zehn Minuten später stand Lindow auf.

Als er das Hochhausviertel erreicht hatte, sah er schon die herumstehenden Polizeiautos, wie ein Orchester, das auf den Dirigenten wartete. Wenigstens die Kollegen von der Spurensicherung waren tätig gewesen. Lindow ließ sich unterrichten.

Dann begann er nervös zu werden.

Er fuhr mit dem Lift in den vierzehnten Stock, wollte sich die Leiche selbst ansehen.

Mit einigen kräftigen Bemerkungen scheuchte er die herumstehenden Nachbarn zur Seite, bahnte sich den Weg durch die obligatorische Polizeisperre.

Die Frau lag am Boden.

Stahlseil um den Hals.

Der lautlose Tod.

Er konnte es sich sparen, sofort mit der Befragung der Nachbarn zu beginnen, die hatten geschlafen. Aber er wollte nichts auslassen: »Hat jemand von Ihnen etwas gehört?« rief er mit lauter Stimme, die mitten in die pietätvolle Stimmung hineinplatzte.

Alles schwieg.

Der Kommissar wandte sich um und schloss die Tür hinter sich.

Wenn es zwei solche Parallelen gab, dann fand sich sicher auch noch eine dritte.

Er suchte in der Wohnung nach Wertgegenständen. Die Geldbörse der alten Frau lag in der Einkaufstasche. Sie war nicht angerührt worden. Auf dem Sideboard standen ein paar Sammeltassen, die man allerdings nicht als wertvoll bezeichnen konnte. In der Glasvitrine befanden sich zwei silberne Kerzenleuchter. Lindow schloss Raubmord aus.

Auf jeden Fall mussten sofort die Verwandten der Frau ausfindig gemacht werden, damit sie das bestätigen konnten.

Lindow öffnete das Fenster. Dass Leichen immer so stinken müssen.

Das Stahlseil saß tief im Fleisch.

Der Mörder hatte sehr kräftig die Schlinge zugezogen.

Wahrscheinlich würde die Obduktion ergeben, dass auf dem Rücken blaue Flecke waren.

Früher Abend bis Mitternacht, hatte der Arzt als Tatzeit geschätzt. Das konnte schon die vierte Parallele sein. Tatort, Opfer, Tatzeit. Damit war immerhin die Möglichkeit sehr wahrscheinlich, dass es sich um denselben Täter handelte.

Der Blick über den morgendlich grauen Stadtteil Tenever, mit seinen Hochhauskomplexen, machte Lindow nicht viel wacher. Immerhin war die Luft kühl.

Der Frauentyp war genau der gleiche. Zwischen fünfzig und sechzig schätzte er die Tote. Vielleicht lebte der Mörder hier? Vielleicht kannte er seine Opfer genau, und sie ihn. Das würde erklären, warum er, ohne Spuren zu hinterlassen, in die Wohnungen gelangen konnte. Das würde auch erklären, warum die Merkmale eines Kampfes nicht so ausgeprägt waren. Und es konnte Lindow einen Schlüssel dafür geben, wo er zu suchen hatte.

Aber er liebte diese vagen Spekulationen nicht sehr. Sie halfen zwar in manchen Fällen, wie ein Gerüst, an dem man hochklettern konnte, wenn der Eingang versperrt war, aber Lindow wusste, dass diese Spekulationen leicht eine allzu feste Vorstellung entstehen ließen. Dann rannte man seinen eigenen Illusionen hinterher. Er wollte mit seinen Mutmaßungen spielen, aber nicht ihr Opfer werden.

Als er die Tür wieder öffnete, war die Traube der Neugierigen noch größer geworden. Bis zum nächsten Stockwerk standen sie bereits und tuschelten. Für einen Moment waren alle Gespräche unterbrochen.

Der Hauptkommissar überlegte, ob er etwas sagen sollte. Aber so früh fiel ihm keine Frage ein.

Er ging zum Aufzug.

»Wolfgang, gibt's was für mich?«

Lindow drehte sich um.

Grünenberg war die vierzehn Stockwerke hochgelaufen. »Hast wieder Polizeifunk gehört?« fragte Lindow. »Das würde ich nicht schaffen.«

»Anstelle von Abendgymnastik«, sagte Grünenberg.

Gemeinsam betraten sie den Lift.

Pinneberger ließ sich nicht abwimmeln.
»Natürlich haben wir ein Recht dazu, Herr Berg. Da können Sie ruhig Ihren Anwalt anrufen. Wenn Ihnen das ein besseres Gefühl gibt?«

Pinneberger wusste genau, dass um diese Zeit kein Anwalt zu erreichen war.

Er wollte seinen Fehler vom Vortag wiedergutmachen. Er nahm einen Beamten von der Spurensicherung mit, der Fingerabdrücke erfassen sollte. Sein Spurenkoffer machte schon etwas her. »Also, was ist?«

»Na gut, meinetwegen.«

Berg öffnete die Tür und ließ die beiden Beamten eintreten.

Fritz Pinneberger war nicht wenig erstaunt, als er das Büro des Schrotthändlers Berg betrat. Es war leer. Die Stühle waren frei. Der Schreibtisch geordnet.

»Das sah hier gestern aber ganz anders aus«, sagte er.

Berg zog mit einer heftigen Bewegung den Gürtel seines Bademantels fester um seine Taille.

»Da hatten wir viel Mühe, mein Bruder hat die ganzen Sachen mitgenommen.«

»Dann wollen wir mal.«

»Was soll ich tun?« fragte Berg, der hellwach war.

»Wir brauchen nur die Finger der einen Hand, mehr nicht.« Pinneberger wollte ihn anfassen, wollte fühlen, wie er sich benahm.

Er hoffte, durch diese morgendliche Überraschung Eindruck zu erzielen. Dieses Gespür hatte er in all den Jahren bei der Mordkommission entwickelt, dieser Mann hatte zwei Gesichter. Und dass dieses Büro so plötzlich von allem Plunder befreit war, hatte auch etwas zu bedeuten.

»Die rechte Hand bitte«, sagte Pinneberger.

Der junge Beamte hatte das Stempelkissen vorbereitet. Ein Formular, in das er bereits den Namen des Gebers eingetragen hatte, lag neben dem Koffer.

Pinneberger nahm den Daumen.

Keine Reaktion.

Er presste ihn fest auf das Stempelkissen und rollte ihn langsam auf dem Blatt ab.

»Schön?«

»Ich weiß nicht«, gab Berg von sich.

So ging es mit allen Fingern. Wenn er etwas zu verbergen hat, dann hat er sich verdammt gut unter Kontrolle, dachte Pinneberger. Nur nach dem kleinen Finger zeigte Berg eine Regung, erleichtert, dass die Prozedur vorüber war.

»So, jetzt brauchen wir nur noch zu warten, bis die Wertgegenstände bei uns eintreffen. Dann können wir mehr sagen, Herr Berg. Das wird ja nicht mehr allzu lange dauern, hoffe ich.«

Der junge Beamte legte Stempelkissen und Formular wieder in den Koffer zurück. Er stand schweigend da und wartete auf den Abmarsch.

»Übrigens, wo wohnt denn Ihr Bruder, Herr Berg?«

Pinneberger war diese Frage eingefallen, als er bereits an die schwierige Überprüfung der Silberrahmen und Kaffeelöffel dachte. Wahrscheinlich hatten schon mehrere Beamtenhände sämtliche Fingerabdrücke überdeckt. Damit konnte er bestimmt nichts anfangen.

Berg stockte.

»In München«, sagte er.

»Dann sollten wir ihn gleich mal anrufen. Vielleicht ist er ja schon mit den Sachen angekommen.«

Berg wurde rot im Gesicht, als sei er geohrfeigt worden.

»Wenn Sie was zu sagen haben ...«, Pinneberger unterbrach sich. Das würde Lindow nicht besonders gern sehen, dass er nun tatsächlich einen Schritt weiterkam.

»Ich kann warten.« Pinneberger legte den Mantel ab und bedeutete seinem Kollegen, dass er sich auf ein längeres Gespräch einstellen musste.

Christian Berg stand da, blamiert, mit seinen geschwärzten Fingerkuppen.

Der Revierleiter hatte sich erhoben. Als wolle er den Segen austeilen.

Rapka und Kuhlebert standen in gebührendem Abstand vor seinem Schreibtisch.

»Also, er hat euch angezeigt. Punkt eins. Punkt zwei, ihr werdet euch sofort hinsetzen und eine schriftliche Darstellung des Falles geben. Punkt drei, dann geht ihr auf Einsatz außerhalb, drei Wochen.«

»Was?« Rapka schüttelte heftig den Kopf.

»Ich habe eine Anforderung, aus dem Umland, Bewachung eines Bauplatzes für ein Kernkraftwerk. Genau der richtige Ort, um euch aus der Schusslinie zu holen.«

»Völlig ausgeschlossen«, keuchte Rapka, »nächste Woche fahr ich mit der Familie nach Österreich, Skilaufen. Das steht seit einem Jahr in den Urlaubsplänen.«

»Nein, ihr beide geht auf Einsatz. Da kann man zwar nicht Ski fahren, aber gemütlich ist es dort auch. Und wenn deine Frau will, es gibt Pensionen in der Nähe ...«

Der Revierleiter setzte sich.

»Muss das sein?« fragte Kuhlebert seinen älteren Kollegen. Rapka hob die Schultern.

»Soviel ich weiß, will der Kripochef die Sache erst mal ruhen lassen und mit diesem Blödmann reden, da ist noch nicht aller Tage Abend ...«

»Aber warum soll ich dann auf meinen Skiurlaub verzichten?« Rapka schob seinen Ledergürtel auf Position.

»Das nennt man Prophylaxe, Herr Kollege.«

»Was?«

»Vorbeugen«, warf Kuhlebert ein.

»Aber heute sind wir noch im Dienst?« Rapka feixte.

»Schreibstube. Ich will bis zum Nachmittag euren Bericht. Und schreibt ja nicht voneinander ab.«

Der Revierleiter reichte den beiden Beamten die Hand, als müsse er ihnen zu einem Trauerfall kondolieren. Sie rückten ab.

»Was schreibt man denn da?« fragte Kuhlebert, der den Umgang mit einem Kugelschreiber in denkbar schlechtester Erinnerung hatte.

»Das sehen wir schon. Ich kenne jemanden, der kann das ganz gut.« Rapka startete den Wagen.

»Erstmal zur Raststätte, auf den Schreck brauch ich einen Korn.« Kuhlebert warf das Martinshorn an und ließ das Blaulicht kreisen.

»Da ist eine Abreibung fällig, das sag ich dir.« Rapka schien bereits einen Plan zu haben. Kuhlebert wusste nicht, was sein älterer Kollege meinte.

Der erste Anruf, der Lindow in seinem Büro erreichte, kam von der Verkehrspolizei.

»Sie haben mal wieder falsch geparkt, Herr Kollege. Das wird uns langsam zu viel. Lassen Sie sich was Gutes einfallen.« Es war irgendwie ein schlechter Anfang für ein Wochenende.

Freitagmorgen und alle Fragen offen.

Die Leiche in der Davoser Straße, ok, gebongt. Aber jetzt eine Erklärung schreiben, warum er vor dem Krankenhaus den Wagen falsch geparkt hatte. Lindow beruhigte sich, du siehst Gespenster, die wollen dir keins auswischen, weil du die beiden Kollegen angeschmiert hast. Am liebsten wäre er zu Pinneberger rübergegangen und hätte ihn gefragt, warum er nicht zum Skat erschienen war. Überhaupt, was war das für ein blöder Abend gewesen. Von Homann war nichts Anderes zu erwarten. Wenn der einen an der Leine hatte, dann angelte er solange, bis er den Fisch sah. Aber dass der Raubritter ebenfalls so bitterböse auf ihn war ... Lindow malte sich aus, wie die nächsten Skatabende verlaufen würden. Vier Herren um den Holztisch, kein privates Wort, abrechnen, zahlen, auseinandergehen. Das halten die nicht aus. Der Raubritter schon gar nicht.

Pinneberger wollte er kommen lassen.

Mit dem Obduktionsergebnis war nicht vor vierzehn Uhr zu rechnen. Freitag war Kreuzworträtseltag, aber dazu hatte er jetzt noch keine Lust.

Er stand auf und sah aus dem Fenster.

Die Wallanlagen im grauen Schmuddelwetter.

Lindow überlegte, ob er zurück in die Davoser Straße fahren sollte. Der Tatort war zwar erkundet, aber es gab noch reichlich Zeugen zu befragen.

Er sah, wie sein Kollege Pinneberger mit einem Kollegen und einem weiteren Mann aus seinem alten BMW stieg.

Da wird es gleich etwas Neues geben, dachte Lindow und setzte sich wieder an seinen Schreibtisch. Es sollte wenigstens so aussehen, als arbeite er.

Das Telefon.

Nicht jetzt. Ich warte auf Pinneberger.

Aber ein Telefon reagiert nicht auf private Wünsche.

Lindow nahm ab.

Matthies, auch das noch. Am Freitag. Wahrscheinlich wird er am Wochenende irgendwo eine Rede halten müssen.

»Kommst du mal auf einen Sprung, Wolfgang?«

Lindow gähnte.

Er ging über den Flur, zwei, drei Türen, langsam, weil er hoffte, Pinneberger noch zu begegnen, aber er hatte kein Glück.

Matthies trug seinen vornehmen, dunkelgrauen Leinenanzug mit silberner Krawatte.

»Heiratest du?« fragte Lindow.

Matthies verzog keine Miene.

»Wo wirst du denn sprechen am Wochenende?« Lindows zweiter Versuch. Matthies ließ ihn Platz nehmen.

»Wir haben eine Leiche, in der Davoser Straße. War heute Morgen da, in aller Frühe. Dieselbe Methode wie bei der Merthen, sieht verdammt nach einem Doppelten aus. Stahlseil um die Gurgel und zugezogen.«

»Hab's gehört«, erwiderte Matthies, der an diesem Morgen nicht sehr gesprächig schien.

Jetzt hatte Lindow keine Lust mehr, noch etwas zu sagen. Die beiden fast gleichaltrigen Männer sahen sich schweigend an. Wie im Kino, dachte Lindow. Mal sehen, wer als erster zwinkert.

»Wolfgang, ich möchte dich hiermit auffordern, diesen Fall an Pinneberger abzugeben.«

»Hat der nicht genug zu tun, mit meinem Fall Merthen?« Er betonte das besitzanzeigende Fürwort, um seinem Chef einen deutlichen Hinweis zu geben.

»Wenn der neue Fall mit dem anderen in Verbindung steht, wie du sagst ...«

»Ich habe laut nachgedacht. Du weißt genau, dass ich keine Luftschlösser baue. Bis jetzt sind es zwei Fälle, zwei Leichen, zwei ...«

Die Tür ging auf, und Fritz Pinneberger trat herein.

»Ich störe, hoffentlich.«

So, jetzt kommt seine Stunde, dachte Lindow. Das sichere Lächeln seines Kollegen war ihm vertraut.

»Du störst.« Matthies stand auf. »Du kannst gleich nachher von Wolfgang die Akten übernehmen ...«

»Welche Akten?«

»Die Spuren-Akten im Fall Merthen, da sitzt du doch noch drauf.« Lindow entschuldigte sich.

»Und dann heute Morgen, ein zweiter Fall, das machst du dann auch gleich mit.«

»Moment«, sagte Pinneberger, »es gibt hier zwanzig andere Kollegen, ich habe nicht vor, das ganze Wochenende zu arbeiten, Hans.«

Matthies erwiderte: »Davoser Straße. Gleiche Ecke. Kann was damit zu tun haben. Und jetzt raus. Ich rede mit Wolfgang.«

»Ich wollte nur sagen, dass ich ziemlich sicher bin, dass wir den Mann gefunden haben, der die Beute im Schrottauto versteckt hat.«

»Hat er gestanden?« fragte Lindow, seine Stimme klang trocken.

»Nein, aber ich habe ihn in der Grube. Kannst ihn dir nachher ansehen, wenn du willst.«

»Der Kollege Lindow hat mit dem Fall nichts mehr zu tun.«

Es war Freitag, und da fielen selten wichtige Entscheidungen, aber Lindow wollte dieses Zimmer nicht verlassen, ohne einiges klargestellt zu haben. Er bat Fritz ebenfalls zu gehen, versprach ihm, nachher die Akten zu bringen.

Als Pinneberger das Büro verlassen hatte, sagte Lindow: »Du wirst aber doch noch irgendeine Aufgabe für mich finden, Hans?«

Matthies räusperte sich.

Sein quadratisches Gesicht angespannt.

»Du sollst Zeit haben, nachzudenken.«

»Hast du meine Anzeige weitergegeben?«

Lindow war sich ganz sicher, dass er sie mit einem Griff aus dem Stapel ziehen konnte, der rechts neben dem Telefonbuch lag.

»Ich habe sie noch hier.«

»Und warum?«

»Du solltest sie nochmal überdenken, Wolfgang.«

»Inzwischen spricht mich jeder drauf an, scheißt auf meinen Kopf, und du bunkerst sie hier auf deinem Schreibtisch. Ich habe lange genug drüber nachgedacht, ich bin doch kein kleines Kind mehr, das nicht weiß, was es tut.«

So kannte er Matthies. Abwarten, nichts überstürzen. Aber in diesem Fall lag die Sache anders.

»Ich bitte dich, mir bis heute Nachmittag, sagen wir um drei, eine Erklärung zu geben, dass du die Anzeige aufrechterhältst, oder, und das sage ich dir ganz offen, es wäre mir lieber, du ziehst sie zurück. Dann ist die Sache vom Tisch.«

»Und ich kann auch wieder an meinen beiden Mordfällen arbeiten, nicht wahr?« Matthies nickte.

»Damit das klar ist: Ich stehe zu meiner Anzeige. Jetzt, und am Mittag, um ein Uhr, um zwei Uhr und sogar um drei Uhr. Sonst hätte ich sie gar nicht erst zu Papier gebracht. Hans, mit wem hast du dich beraten?«

Lindow tippte auf den Personalrat. Das war die einfachste Lösung. Noch mal mit dem Querkopf reden, den Stein des Anstoßes vom Spielfeld rollen und alles läuft wie vorher.

»Ich wollte mit dir drüber reden.«

»Aber wir reden ja nicht drüber. Zur Sache selbst hast du noch keinen Ton gesagt. Nur: ›zieh zurück, zieh zurück‹. Das ist dein ganzes Argument.«

»Was bringt es *dir* denn?« fragte Matthies und strich mit beiden Händen an seinem vornehmen Dunkelgrau entlang.

»Mir?«

»Ja, was bringt es dir?«

»Von mir ist dabei nicht die Rede. Uns, könnte man allenfalls sagen. Uns bringt es eine Menge. Wir lassen nicht zu, dass in unseren eigenen Reihen Dinge passieren, die wir anderswo zu verfolgen und zu ahnden haben.«

»Ich habe gefragt, was bringt es dir persönlich?«

»Ich verstehe deine Frage nicht.«

Lindow verstand sie schon, aber er kannte die Tricks der direkten Vernehmung, die Fragespielchen, die Winkelzüge, die Begrenzungen und Ausweitungen des Fragekomplexes, die schnellen Vorstöße und das lange Schweigen. »Du musst doch davon einen Gewinn haben. Sagen wir, es macht dir Spaß, querzuschießen. Stimmt das?«

Jetzt wusste Lindow, dass sich sein Chef mit dem Polizeipräsidenten Mantz beraten hatte, der besuchte regelmäßig Seminare zur Betriebspsychologie. Der hatte ihm geraten, seinen aufmüpfigen Hauptkommissar persönlich anzugehen. So was fiel dem Personalrat nicht ein.

»Was möchtest du hören? Dass ich mich selbst befriedige, oder was?«

Matthies schwieg. Beharrlich.

»Ganz gleich, was meine Motive dabei sind, wenn du schon meine Argumente nicht hören willst. Ich habe die

Anzeige geschrieben und auf den Dienstweg gebracht. Ich glaube nicht, dass du das Recht hast, sie zu unterdrücken.«

»Heute Nachmittag um drei will ich deine Erklärung. So lange solltest du dir und mir Zeit geben.«

»Wenn du es so willst. Du bist der Dienstweg.«

Dann standen sie sich wieder gegenüber, ohne etwas zu sagen.

10

Pinneberger wollte den Verdächtigen erst mal warten lassen. Wollte sich eine Strategie zurechtlegen. Sein Kollege Davids, der meistens etwas später in den Dienst kam, und mit dem er schon seit drei Jahren im Team arbeitete, ließ sich informieren. Gelegentlich machte er altkluge Einwände. Aber Pinneberger störte das schon lange nicht mehr. Kommissar Davids war ein denkerisches Genie, geübt im Kombinieren, die Arbeit vor Ort war nicht sein Metier. Außerdem war er der jüngste im Ersten Kommissariat. Damit beruhigte sich Pinneberger, wenn ihm die vorlauten Verbesserungen mal wieder auf den Keks gingen. Davids war ein Freund von jungen Haarschnitten. Immer wenn die Mode wechselte, änderte auch er sein Haupthaar. Seit einiger Zeit trug man halbes Ohr und Davids ließ sich den dunkelblonden Schopf wieder wachsen.

»Hol ihn mal rein, Joe«, sagte Pinneberger zu seinem Kollegen, »ich glaube, wir sollten anfangen.«

Davids rieb sich die Augen hinter seiner starken Brille.

»Aber lass ihn erzählen. Er wird bestimmt mit einer Geschichte kommen.«

Pinneberger sagte: »Ja, ja, geht klar.«

Wenn er wüsste, wie sein Verhältnis zu Loontjes gewesen war, dann könnte er ganz anders rangehen, aber Loontjes lag in der Leichenhalle.

Christian Berg hatte genau den gleichen Haarschnitt wie Davids, einmal in blond und einmal in schwarz.

»Bitte, nehmen Sie Platz, Herr Berg. Ich möchte noch mal gerne zusammenfassen, was uns auffällt. Also ...«

Davids räusperte sich, hörbar.

Pinneberger war von ihrer gemeinsamen Strategie abgewichen. »Oder wollen Sie uns nicht doch lieber eine Erklärung dafür geben, warum in einem Schrottauto, das Sie für Ihren holländischen Partner aufgetrieben haben, zwei gestohlene Gegenstände auftauchen, die im Zusammenhang mit einem Mordfall stehen?«

Davids strahlte. Als wollte er Pinneberger belohnen, dass er noch mal die Kurve gekriegt hatte.

Berg setzte sich auf dem Holzstuhl gerade, die Arme ruhten entspannt auf den Lehnen.

»Ich kann es mir nicht erklären, Herr Kommissar.«

»Oberkommissar«, sagte Davids.

»Joe, bitte.« Pinneberger bremste ihn.

»Herr Oberkommissar«, wiederholte Berg.

»Sie sehen auch keine mögliche Erklärung dafür, Herr Berg. Was für einer Tätigkeit ging denn Ihr holländischer Partner nach, bevor Sie zusammen diese Marktlücke entdeckten?«

»Er stand vor einem halben Jahr vor meiner Tür und fragte, ob ich für ihn Schrottautos aufkaufen könne. Ich hab sofort gerochen, dass es was zu verdienen gab. Und so sind wir Partner geworden. Mehr kann ich Ihnen nicht sagen, Herr Kommissar.«

Pinneberger wusste, mit welcher Art von Gegner er es zu tun hatte. Das war der Typ, der leugnete, sich immer wieder zurückzog auf Nichtwissen, Nichterinnern, nichts sagen. Ganz gleich, wie groß die Widersprüche wurden.

»Dann halten wir fest: Gestern befanden sich in Ihrem Arbeitszimmer zahlreiche Gegenstände, die aus der Haushaltsauflösung ihrer verstorbenen Tante stammen sollen. Die Tante ist zwar verstorben, soviel wir ermitteln konnten, aber ihre Wohnung wurde bisher nicht aufgelöst. Wir werden anschließend zu einem Lokaltermin dorthin fahren. Oder können wir uns das sparen?«

Berg schwieg.

Davids stellte sich so, dass Berg, wenn er mit Pinneberger sprechen wollte, geradeaus sehen musste, und wenn er mit ihm sprach, den Kopf um neunzig Grad nach rechts drehen musste. Aber Christian Berg sagte nichts.

»Sie behaupten, dass ihr Bruder in München diese Sachen abgeholt habe, aber ihr Bruder weiß von nichts. Im Gegenteil, er war ganz schön sauer, dass Sie sich bereits an die Erbschaft machen wollen, ohne dass er gefragt wurde. Wie erklären Sie sich diesen Widerspruch?«

Berg sah Davids an. Ohne einen Ton von sich zu geben.

»Sie haben doch offensichtlich gelogen.« Pinneberger wurde lauter. »Herr Berg, glauben Sie nicht, dass es Zeit wäre, mal den Schleier zu lüften. Wir sehen zwar noch nicht alles, was Sie uns hier vorspielen wollen, aber sollten wir feststellen, dass Sie einen Mord begangen haben, dann können wir auch ganz anders.« Davids hatte einen Hang zum künstlerischen Ausdruck, der aber meist von seiner Umwelt nicht richtig verstanden wurde.

»Wie denn?« Christian Berg reagierte wieder.

»Ich habe bereits einen Kollegen in München beauftragt, sich bei ihrem Bruder zu erkundigen. Ich denke, da werden wir etwas zu hören bekommen. Ebenfalls ist die Kripo in Arnheim dabei, die beiden anderen holländischen Partner zu befragen. Wenn hier in großem Stil gestohlene Waren verschoben werden sollten, dann werden wir das erfahren.«

Pinneberger ließ nicht locker. Diese hartnäckigen Leugner hatten eine schwache Stelle, er musste sie nur finden.

»Sie können meine Bücher prüfen, da ist jeder Wagen ordnungsgemäß aufgeführt und abgerechnet.«

»Was uns interessiert, wird sicher nicht in Ihren Büchern stehen, Herr Berg.«

Die Tür ging auf.

Lindow kam herein. Zwei schmale Hefter unterm Arm.

»Hier, die Unterlagen im Mordfall Merthen.«

Er sagte es sehr leise.

»Ist das der Mann, Fritz?«

Pinneberger nickte. Er sieht gar nicht wie ein Gewinner aus, dachte Lindow, sein sicheres Lächeln ist verschwunden.

»Sie sind also der Gauner, der der armen Frau Merthen die Kaffeelöffel stiehlt und sie dann im Ausland verscherbeln will.«

Lindow trat direkt auf Berg zu.

Ohne sich vorzustellen, beugte er sich über den schwarzhaarigen Schlaks. »So was tut man nicht. Aber das wird Ihnen mein Kollege schon gesagt haben. Wie ein Mörder sehen Sie allerdings nicht aus.«

»Wolfgang, komm, lass das ...«

Lindow tippte sich mit dem Finger an den Kopf.

»Ich habe Matthies den gewünschten Zweizeiler auf den Schreibtisch gelegt und gehe ins Wochenende. Für mich bleibt ja im Moment nichts mehr zu tun.«

Er sagte das gelassen, ohne große Wut auf Pinneberger.

Davids hielt seine Nase in die Luft, als wolle er schnuppern, wie die Stimmung zwischen den beiden älteren Kollegen war.

»Gestern konnte ich nicht zum Skat ...«

»Ja, ja. Später mal. Du hast ja zu tun. Das Obduktionsergebnis im Fall Bünte kriegst du gegen zwei. Tschüss.«

Lindow zog die Tür hinter sich zu.

Er macht eine traurige Figur, dachte Pinneberger, aber das ist die Quittung dafür. Die Sache mit dem Zweizeiler hatte er nicht verstanden.

Diesmal begann Davids das Verhör wieder: »Herr Berg, hat Ihr Partner Loontjes denn mal davon gesprochen, dass er bereit wäre, andere Dinge mit nach Holland zu nehmen? Ich meine, die Gelegenheit war ja günstig.«

»Er hat manchmal geschmuggelt. Zigaretten, für mich.«

Pinneberger spitzte die Ohren. Ließ Davids gewähren.

»Auch schon mal Spirituosen?«

»Ja, auch. Butter. Schmuggel kann man das nicht nennen. Es waren keine größeren Mengen.«

»Wirklich nicht?«

Berg schüttelte den Kopf.

»Ich will ihnen auch gar keinen Strick daraus drehen. Aber die Wertgegenstände, die in den verschiedenen Autos gefunden wurden, muss jemand dort hineingelegt haben. Das ist kein Zufall. Entweder er war es oder Sie. Eine dritte Möglichkeit gibt es nicht. Da können Sie sich jetzt entscheiden, Herr Berg.«

»Was hat Loontjes mitgenommen, wenn er nach Holland fuhr?« Pinneberger hakte nach.

»Autos. Mehr weiß ich nicht.«

»Gut«. Davids löste sich von seinem Fensterplatz. »Dann gehe ich davon aus, dass Sie die Wagen befüllt haben. Wie leere Enten. Ihr Partner hat nichts davon gewusst.«

Berg schien nicht entrüstet.

Das irritierte Pinneberger.

Während Davids das Gespräch führte, war ihm eine Frage eingefallen, für die er einen günstigen Zeitpunkt suchte. Damit konnte er Berg erschrecken.

»Ich gehe weiter davon aus, dass Sie sich gelegentlich bei Streifzügen, wir nennen das hier Raubzüge, Waren beschafft haben. Und nun kommt Frau Merthen ins Spiel. Sie haben versucht, ihr diese Dinge zu stehlen. Sie wehrt sich, und dann...« Davids unterbrach seine Spekulation, wollte Berg den Satz vollenden lassen.

Flattern in den Augen Bergs.

»Wir brauchen gar nicht herumzureden, Herr Berg«, sagte Davids mit plötzlicher Schärfe. »Wir werden überprüfen, woher die Gegenstände stammen, die gestern noch in Ihrem Arbeitszimmer waren. Es wird interessant sein, die

Liste des Einbruchsdezernates mit dem Plunder zu vergleichen, den ich gesehen habe. Sie glauben doch auch, dass wir Sie mit Hilfe dieser Indizien überführen können.«

Berg bewegte sich auf dem Holzstuhl. Einmal, zweimal. Aber er blieb weiterhin stumm.

»Sie werden uns sagen, wohin Sie den Krempel geschafft haben.« Pinneberger schlug mit der Hand auf den Tisch. »Aber ein bisschen plötzlich, wenn ich bitten darf. Es geht um Mord.«

»War es Loontjes, Herr Berg?«

Davids stand jetzt neben seinem Kollegen.

»Es war Kandel.«

»Wer?« Pinneberger glaubte, sich verhört zu haben.

»Kandel«, sagte Berg mit fester Stimme.

»Ich kenne keinen Kandel«, sagte Davids. »Was hat der damit zu tun?«

»Franz Kandel«, wiederholte Berg.

Gegen fünfzehn Uhr an diesem Freitagnachmittag beantragte Pinneberger einen Haftbefehl gegen den Versicherungsvertreter Franz Kandel. Mordverdacht.

Wolfgang Lindow begab sich auf die Ochsentour.

Das Hochhausviertel Tenever, in dem auch die Davoser Straße lag, brachte die Stadt aus dem Gleichgewicht. Wer sie von dieser Seite anfuhr, musste denken, es handle sich um eine Weltstadt größeren Ausmaßes. Die hochgezogenen Steinquader, die nebeneinander eine weiß-violette Skyline abgaben, verbargen jedoch eher ein aus vielen Dörfern und Kleinstädten bestehendes, langausgedehntes Großstädtchen. Hier hatte sich eine Baugesellschaft eine goldene Nase verdient und eine Betoninsel konstruiert, die Rückwirkungen auf das Zentrum hatte. Einerseits wechselten die Mieter in rasantem Tempo, was erst gar keine größeren Gemeinschaften entstehen ließ, andererseits waren viele Neu-Mieter nicht sicher, ob sie genau in dieses Milieu passten. Den einen war es zu vornehm, weil modern, den anderen zu schmutzig und laut. So sank das soziale Niveau der hochnäsig geplanten Siedlung weiter ab, und die Sozialämter bekamen immer mehr Arbeit.

Lindow wusste nicht genau, nach was er suchen sollte, aber er wusste, dass er sich nicht zu Hause verkriechen konnte, nachdem Matthies ihn derartig gedemütigt hatte. Sein Chef wollte ihn bloßstellen. Dass er ihm den Fall Merthen entzogen hatte, das war schon nicht einzusehen, wenn es auch einen Grund hätte geben können. Kandel war irgendwie als Zeuge darin verwickelt. Hab ich ihn überhaupt schon gefragt, ob er selbst etwas beobachtet hat? Lindow war sich nicht ganz sicher. Die Demütigung von Matthies bestand darin, dass er Lindow ins Wanken gebracht hatte. Dass Lindow eine halbe Stunde in seinem Büro verbracht hatte, noch mal seine eigenen Gedanken ordnend, noch mal die Argumente abwägend, bevor er dann in zwei Zeilen erklärte, dass er die Anzeige gegen Rapka und Kuhlebert aufrecht hielt.

Lindow stellte seinen Opel Kadett vor dem Supermarkt ab. Durch die großen Glasscheiben sah er, wie sich an den Kassen Trauben bildeten. Er ahnte, worüber man dort sprach.

Lindow benutzte den Ausgang, um in den Supermarkt zu gelangen. Er schlängelte sich zwischen Einkaufswagen und leeren Kartons hindurch. Unterlegt von Automatenmusik vernahm er das Tagesgespräch.

»Und dabei war Frau Bünte immer so vorsichtig. Die hat nie jemand Fremdes in ihre Wohnung gelassen.«

»Die Polizei hat doch überhaupt niemanden befragt, hab ich gehört. Vielleicht ist der Mörder längst gefasst.«

»Frau Meier von nebenan hat gehört, wie ein Polizist sagte, dass jetzt die abendlichen Streifen verdoppelt werden sollen. Ist aber auch höchste Zeit. Man traut sich ja nicht mehr auf die Straße.«

»Wissen Sie, der Mann, der mit der Feder am Hut, der jeden Tag um drei hier herumspaziert, also, ganz sauber ist der auch nicht.«

»Achtzehn Mark dreißig«, sagte die Kassiererin, die sich nicht an der lautstarken Unterhaltung beteiligt hatte. Als sie Lindow mit leeren Händen hinter sich bemerkte, sagte sie: »Wollen Sie nichts kaufen, oder haben Sie kein Geld, junger Mann?«

Lindow erwiderte: »Ich weiß noch nicht, was ich einkaufen soll.«

»Hat Mutti den Einkaufszettel wieder vergessen?«

Die Kassiererin wandte sich der nächsten Kundin zu.

In den nächsten Stunden ging Lindow Klinkenputzen. Er stellte sich freundlich vor, wollte ein paar Fragen stellen und bekam die wildesten Geschichten zu hören. Er glaubte fast, es bedurfte einer eigenen Kommission für Tenever: Messerstechereien, Ausländerpack, das sich breitmachte, Mädchen, die beinah jede Nacht belästigt wurden, Hunde, denen man ein Ohr abgeschnitten hatte. Einem Mann war schon siebenmal die Klingel von seinem Fahrrad gestohlen worden. Manchmal wiederholten sich auch Geschichten. Und Namen von Personen, die Lindow begann, im Gedächtnis zu speichern.

»So, jetzt kommen Sie zu uns«, Lindow erkannte den alten Mann sofort wieder, »kommen Sie rein, meine Frau wird sich freuen.«

Lindow versuchte, auf dem Absatz kehrtzumachen, aber der Alte packte ihn einfach am Arm.

»Wir haben es Ihnen doch gleich gesagt, dass es dieser Penner war, Johnny. Hab ihn gestern erst wieder gesehen.«

»Nein, er heißt Pit. Herr Kommissar.«

Die Frau glich ihrem Mann bis auf die pfeifende Stimme, einmal heller, einmal dunkler.

»Wann haben Sie ihn gesehen?« Lindow blieb hartnäckig in der Tür stehen, jeder weitere Schritt hätte ihm kostbare Zeit geraubt.

»Gestern«, sagte der Mann, der immer noch am rechten Ärmel des Kommissars zerrte.

»Wann genau?«

»Gegen vier, halb fünf. Das ist so seine Zeit. Streicht hier rum. Klingelt an Türen. Manche geben ja was.«

»Aber wir haben nie was gegeben.« Die Frau, die direkt hinter ihrem Mann stand, begann nun ebenfalls, an ihm zu ziehen. Als wollten sie mit vereinten Kräften den wertvollen Gast in ihre Wohnung ziehen.

»Beschreibung?«

»Er ist so groß wie ich.«

»Nein, er ist viel größer als du«, verbesserte die Alte.

»Hat graues, zotteliges Haar.«

»Stimmt«, kommentierte sie.

»Trägt einen schweren braunen Mantel.«

»Nein, grau ist der Mantel. Der reicht bis zum Boden.«

Lindow mochte dieses Duett. Er konnte sich vorstellen, wie ihre Tage verliefen. Sie sollten mal versuchen, öffentlich einen Witz zu erzählen. Das könnte Stunden der Heiterkeit bereiten.

»Gut, ich werde mich drum kümmern.«

»Aber, Herr Kommissar, was ist mit den Rowdys, die jede Nacht hier Krach schlagen?« Der Alte war verzweifelt.

»Ist da nichts geschehen?« fragte Lindow verwundert. »Ich habe das sofort weitergeleitet.«

»Ach«, sagte der Alte.

»Schön«, fügte die Frau hinzu.

Nach und nach ergab sich ein Muster. Wer schimpfte auf wen? Wer gab zu verstehen, dass jemand sich verdächtig machte? Welche Namen wurden genannt? Wer fiel aus diesem so eindeutigen Rahmen?

Lindow war kein Freund der Ochsentour. Andere nannten es das Schneeballsystem. Wieder andere sprachen vom Licht, das sie in den Urwald bringen wollten. Es bestand immer die Gefahr, dass der Täter erfuhr, was die Polizei wissen wollte. Dass er sich präparieren oder gar türmen konnte. An diesem Freitagmittag sah Lindow jedoch keine andere Chance. Auf jeden Fall lernte er viele Leute auf diese Weise kennen. Und gab ihnen den Glauben an die Tüchtigkeit der Polizei wieder.

Kurz nach zwei ging Lindow in den Schnellimbiss. Manchmal brauchte er einfach eine Currywurst, obwohl sie ihm meistens längere Zeit schwer im Magen lag.

»Schon was gefunden, Herr Kommissar?« Die junge Frau mit der speckigen Kochmütze nahm ihm die lästige Vorstellung ab.

»Das eine oder andere«, orakelte Lindow und bestellte eine doppelte Portion Pommes Schranke sowie eine Currywurst.

»Was ist denn mit Albert? Waren Sie da schon mal?«

»Wer ist Albert?« fragte Lindow, der missmutig das alte Fett roch, in das die Kartoffelschnitze geworfen wurden.

»Ich weiß gar nicht mal, ob er Albert heißt«, sagte die Frau, die aus der Plastikhülle die weiße Wurst schob, um sie dann ebenfalls in das Fett zu werfen. »Wir nennen ihn so. Er wohnt drüben. In dem Gebäude, ich glaube in Block E, im zweiten Stock.«

»Und was ist mit dem?« Lindow kam aus dem Fragen nicht heraus.

»Ein seltsamer Typ, möchte ich sagen. Jeden Tag, wenn ich meinen Laden hier aufmache, kurz nach neun, geht er aus dem Haus, und genau eine halbe Stunde später kommt er wieder. Dann verlässt er seine Wohnung den ganzen Tag nicht mehr.«

Jetzt erinnerte sich Lindow. Schon einmal hatte ihm jemand von diesem Albert erzählt, der den ganzen Tag, im Sommer wie im Winter, zuhause sitzen sollte. Er hatte das für eine Übertreibung gehalten. Die Verkäuferin nahm die inzwischen gebräunte Wurst aus dem Fett und legte sie auf den Metallrost. Mit einem klatschenden Geräusch zog sie den Hebel, die einzelnen Stücke fielen in eine Pappschachtel.

»Vielleicht weiß der ja was«, sagte die Köchin, die nicht mit Ketchup und Currypulver geizte, »komisch, dass Sie den noch nicht gefragt haben.«

»Wie alt ist er?« Lindow drehte sich der Magen um, als der erste Teil seines Gerichts auf die verschmierte Glasplatte gehoben wurde.

»Ja, wie alt? Ich würde sagen, Ende vierzig, Anfang fünfzig.« Mit dem Sieb sammelte sie die Pommes auf, schüttete Ketchup und Mayo drüber. Rotweiß. Schranke.

»Doppelte Portion. Wollen Sie ein Bier dazu?«

»Nein, schönen Dank. Ich muss noch arbeiten.«

Nach dem Mittagessen überquerte Lindow den Rasen und betrat den Block E. Zweiter Stock hatte sie gesagt.

Einen Albert gab es nicht.

Er klingelte an der Tür, die sich direkt neben der Treppe befand. Niemand öffnete.

Er ging zur nächsten Tür. Klingelte.

Auf dem Türschild stand in klappriger Handschrift: Köhler. Der Vorname war nicht zu entziffern.

Lindow klingelte noch mal. Die Currywurst stieß ihm auf. Der Rülpser hallte im Treppenhaus.

Die Tür wurde langsam geöffnet.

»Wolfgang Lindow, erstes Kommissariat«, das klang besser als Mordkommission, »Herr Köhler, ich suche ...«

Das musste Albert sein.

Lindow kam sofort auf die beiden Morde zu sprechen, fragte, ob er etwas bemerkt habe.

Der Mann schwieg. Seine Augen lagen tief in ihren Höhlen. Das Haar war gelichtet. Die Pantoffeln abgetreten.

»Herr Köhler, wenn Sie nichts gesehen oder gehört haben, sagen Sie es mir. Ich werde Sie nicht weiter belästigen.«

Der Mann schlurfte in sein abgedunkeltes Wohnzimmer. Sagte nichts.

Lindow blieb einen Moment unschlüssig stehen. Dann folgte er ihm.

»Herr Köhler, ich habe Sie was gefragt. Haben Sie mich verstanden?«

Der Mann schaltete die Deckenlampe ein.

Lindows Blick fiel auf den niedrigen Tisch. Magazine, Heftchen, Zeitschriften, aufgeschlagen, teilweise zerrissen, ein Aschenbecher, der überquoll.

Über dem Sofa, auf das sich der Mann legte, waren zwei Stahlseile befestigt. Dünne Stahlseile, mit Pflaster an die Wand gepinnt. Sie hingen da, in leichtem Bogen geschwungen.

Der Mann legte die Hand auf den Kopf.

»Herr Köhler, ist Ihnen nicht gut? Soll ich einen Arzt rufen?« Stahlseile, dünne Stahldrähte, wie er sie um den Hals von Frau Merthen und Frau Bünte gesehen hatte.

»Herr Köhler, hören Sie mich?«

Der Mann nickte. Bedächtig.

Lindow suchte nach einer Erklärung für diese verlangsamte Reaktion. Alkohol war nicht im Spiel, das hätte er bei dem Gang durch die Wohnung schon festgestellt. Tabletten, Delirium, Drogen, was immer es sein konnte.

»Herr Köhler, bitte folgen Sie mir aufs Kommissariat. Ich möchte mich gerne zusammen mit einem Kollegen ausführlicher mit Ihnen unterhalten.« Der Mann erhob sich.

Wechselte die Pantoffeln gegen Straßenschuhe.

Mit einem schnellen Griff nahm Lindow die beiden Stahlseile von der Wand.

Der Mann schien es nicht bemerkt zu haben.

Während sie auf der Autobahn in Richtung Zentrum fuhren, begann der Mann zu kotzen.

Lindow fuhr ihn ins Krankenhaus St. Jürgen, Unfallaufnahme. Er sagte, der Mann müsse eine Vergiftung haben.

Es war kurz nach fünfzehn Uhr, als er mit den Stahlseilen in einer Plastiktüte vor dem Krankenhaus wieder in seinen Opel stieg. Als Mordwaffen waren sie durchaus tauglich.

Herr Köhler lag auf der Männerstation. Lindow hatte keine Angst, dass ihm der Mann entwischen würde. Aber er orderte einen Kollegen zur Bewachung des Mannes.

Es würde Stunden dauern, bis er seinen Wagen gereinigt hatte. Tage, wenn nicht Wochen, bis er den Geruch des Erbrochenen nicht mehr riechen musste.

11

DIE KOLUMNE AM WOCHENENDE
*F*REUND UND *H*ELFER
*V*ON *K*LAUS *G*RÜNENBERG

Wer kennt es nicht, dieses flaue Gefühl im Magen, wenn eine Polizeikontrolle am Straßenrand auftaucht? Wer erinnert sich nicht an die Bilder von Auseinandersetzungen zwischen Demonstranten und Polizisten, bei denen man oft die Seiten verwechselte? Wer hat noch in Erinnerung, dass ein Berliner Polizist Benno Ohnesorg vor acht Jahren erschoss und damit eine heftige Welle von Protestaktionen auslöste?

Dagegen stehen Selbstbildnisse einer Polizei, die in Anzeigen damit wirbt: der freundliche Polizist, der dem Schulkind über die Straße hilft – der besorgte Polizist, der auf eine hohe Leiter klettert, um ein Kätzchen in Not zu retten – der umsichtige Polizist, der gütig jedem Passanten, der nach dem Weg fragt, Auskunft gibt.

Am Anfang dieser Woche geschah ein Vorfall in dieser Stadt, von dem bisher nur hinter vorgehaltener Hand gesprochen wird. Die Geschichte ist schnell erzählt. Ein Zeuge reagiert auf eine Vorladung zu einem Termin bei der Kriminalpolizei nicht, er soll von zwei Streifenbeamten vorgeführt werden. Es kommt zu einem Handgemenge, in dem die beiden Polizisten den Mann krankenhausreif schlagen. Ein wehrloser Bürger findet sich mit gebrochenen Rippen, Prellungen und blauen Flecken wieder. Die Staatsgewalt hat zugeschlagen. Angesprochen auf die Kritik, äußert die Polizeispitze, dass es sich um Einzelfälle handele, dass man das nicht verallgemeinern dürfe. Aber, und das kann nun bald kein Zufall mehr sein, auch diesmal handelt es sich wieder um das 6. Revier, das schon mehrfach für Meldungen vergleichbarer Art sorgte.

Der betroffene Mann hat nicht mal den Mut, Anzeige zu erstatten. Weil die Polizisten zu zweit waren. Weil es keinen Zeugen für seine Version gibt. (Als ob seine vom Arzt bestätigten Verletzungen nicht Zeugnis genug wären.) Weil er mit einer Gegenanzeige rechnet, ja rechnen muss.

Im öffentlichen Interesse und bezahlt aus öffentlichen Mitteln, handelt eine Polizei gegen diejenigen, die sie bezahlen, für die sie eingesetzt worden sind.

Auf Anfrage reagierte der Revierleiter nur mit der Bemerkung, er wolle keinen Kommentar dazu abgeben. Die beiden Streifenbeamten sind kurzfristig zu einem Einsatz in Niedersachsen geschickt worden.

Was die Folgen sein werden, kann sich jeder selbst ausrechnen. Keine.

So darf sich die Polizeispitze nicht wundern, wenn ihr schönes Klischee vom Freund und Helfer Schrammen und Kratzer bekommt. Wenn solche Vorfälle derart unter den Teppich gekehrt werden, muss sich der Bürger doch fragen: In wessen Auftrag handelt diese Polizei?

Pinneberger sah auf sein Werk und fand, dass es vollkommen war. *Bacon and Egg* waren knusprig gebraten, der *English Breakfast Broken* dampfte in der Tasse, die *Thick-Cut*-Orangenmarmelade stand neben dem in Dreiecke geschnittenen Toast bereit. Er rief Marianne zum Frühstück.

Bis gegen fünf hatte er auf sie gewartet, und sie war tatsächlich gekommen. Müde und abgekämpft von einer langen Barschicht. Hatte nicht viel Lust, zu erzählen, welche Männer wieder welchen Unsinn von sich gegeben hatten. Pinneberger hörte diese Geschichten gerne. Sie trug seinen hellroten Bademantel.

»Du hast gar keine Schiffsmodelle in der Wohnung. Bei uns zu Hause stolpert man bei jedem Schritt über Hafen, Anker und Flaschenschiffe.« Dann begann sie laut zu lachen.

Pinneberger hatte mit dieser Reaktion gerechnet.

»Ich lieb's eben Englisch. Na und?«

»Gebrauchen kann ich so ein Frühstück.«

Marianne schaute auf den Tisch, vielleicht gab es doch ein Stück deutscher Frühstücksherrlichkeit. Aber selbst die Cornflakes und der *Grapefruit Juice* kamen von der britischen Insel.

»Nimm Platz«, sagte Pinneberger, dem jetzt sein Tick etwas peinlich war. Den Morgenblazer ließ er lieber im Schrank, obwohl der eigentlich auch dazugehörte.

Marianne begann sofort mit dem dritten Gang, ohne die englische Reihenfolge zu beachten. Pinneberger trank als erstes den Grapefruit-Saft, dann bereitete er sich eine kleine Portion Cornflakes und *Rice Puffies* mit Milch und Zucker zu.

»Habe ich so echt noch nie gesehen, Fritz«, sagte Marianne, und zeigte auf das *breakfast.* »Das mache ich Samstagmorgen immer so, wenn ich frei habe.« Pinneberger griff nach der dicken Ausgabe der Wochenendzeitung. »Willst du auch einen Teil?«

»Sport«, sagte Marianne. Sie war froh, nicht reden zu müssen. »Und dann die Nachrichten aus aller Welt. Ich fange die Zeitung immer von hinten an.«

»Trifft sich gut, ich nicht.« Pinneberger suchte ihr die Seiten heraus.

Die Überschrift *Freund und Helfer* ließ ihn kalt.

Aber als er den Namen des Journalisten las, begann er mit der Lektüre.

Kaum hatte er die Kolumne zu Ende gebracht, war er auf den Beinen und ging zum Telefon.

Wählte die Nummer von Lindow.

»Hast du schon Zeitung gelesen, Wolfgang?« Pinneberger bremste sich und seine Wut.

»Samstags lese ich nie Zeitung. Das reicht mir schon in der Woche.«

»Heute solltest du aber mal eine Ausnahme machen. Da steht etwas über unsern Herrn Kandel drin. Und dass er verhauen wurde. Und dass wir wieder die *pigs* sind. Und ...« Er schnappte nach Luft.

»Grünenberg?« fragte Lindow leise.

»Wolfgang, du musst komplett verrückt geworden sein. Du hast mit ihm gesprochen, was?«

»Nicht direkt. Nein.«

»Ich habe gestern Nachmittag Haftbefehl gegen diesen Herrn Kandel erwirkt, er soll der Frau Merthen die Silberwaren entwendet haben, und vielleicht hat er ...«

Pinneberger sah, wie Marianne sich an seinem Teil der Zeitung zu schaffen machte. Da würde er gleich einiges erklären müssen.

»Habt ihr ihn schon?« Lindow war noch leiser geworden.

»Nein, aber wir werden ihn uns holen. Wolfgang, das ist ...«

»Ich weiß, wie du darüber denkst, Fritz. Ich denke anders. Schönes Wochenende.«

Lindow hatte aufgelegt.

Marianne sah ihren neuen Bekannten mit offenen Augen an: »Ihr müsst ja im Hafen raue Sitten haben, wenn es so zugeht, wie hier in der Zeitung steht?«

Pinneberger versuchte ein Lächeln. »Wenn du mir zwei Minuten Zeit gibst, dann werde ich es dir erklären. Ich arbeite nicht beim Hafensenator, sondern bei der Kripo.«

Wenn Lindow etwas nicht leiden konnte, dann war es die Putzerei am Samstagmorgen. Seine Aufgabe bestand darin, die Teppiche zu saugen und mit dem Staublappen durchs Wohnzimmer zu gehen.

Das kleine Haus, in dem seine Familie Platz gefunden hatte, war in den sechziger Jahren gekauft und umgebaut worden. Von der Hollywoodschaukel aus konnte man in den schönen Garten sehen, Rasenfläche, umstanden von Zierpflanzen. Aber im Winter gab es wenig im Garten zu tun, also war am Wochenende Putzen verordnet. Helga nannte es Arbeitsteilung, Lindow eine Schikane. Der Anruf Pinnebergers kam ihm gelegen. Er legte den Staubsauger auf den Boden, schaltete ihn aber nicht aus und griff zur Zeitung.

Er las die Kolumne nicht ohne Freude, hatte Grünenberg also hingelangt. Aber dann kam die Angst.

»Wolfgang, bist du fertig? Du kannst mal bei der Wäsche anfassen.«

»Nein«, brüllte Lindow gegen das Getöse des Saugers, »ich brauch noch fünf Minuten.«

Er stand neben dem modernen Klopfsauger, die Zeitung in der Hand. Das konnte ins Auge gehen.

In gedeckten Farben war sein Wohnzimmer gehalten: die Couchgarnitur in hellem Beige, der Marmortisch in Marxgrün, die Wände in Altweiß gestrichen. Die unauffällige Bescheidenheit deutscher Innenarchitektur. Die Schrankwand, die sich über die gesamte Längsseite erstreckte, wuchtig, nur wenige Fächer mit Gläsern und Nippes, einige Bücher. Im Mittelpunkt der Fernsehschrank, ein Überbleibsel aus den sechziger Jahren. Nur die Fotos von seinen Kindern, die Lindow in mühevoller Arbeit zu einer Collage zusammengeklebt hatte, waren Ausdruck einer individuellen Wohnzimmergestaltung.

Er las den Artikel zum dritten Mal, konnte seine verstohlene Freude nicht verhehlen.

Aber die durfte er nicht zeigen.

Zunächst Grünenberg anrufen und ihn zusammenscheißen. Das musste er Matthies gegenüber als Erstes in Angriff nehmen.

Dann Matthies anrufen und ihm Bericht erstatten.

Dann Pinneberger zurückrufen und ihm sagen, dass er nicht mit Grünenberg gesprochen hat und sich dann ausführlich nach der Verhaftung von Kandel erkundigen. Wenn er freundlich reagiert, ihm seinerseits von Köhler berichten, der sollte am besten heute noch verhört werden.

Das Ganze musste vor vierzehn Uhr geschehen, dann war Abfahrt zum Werder-Spiel, das Lindow auf gar keinen Fall versäumen wollte. Da hätte in der Zeitung stehen können, dass seine Dienstmütze in einer eindeutigen Situation entdeckt worden wäre, auch das hätte ihn nicht abgehalten.

Helga stand in der Tür.

»Ich dachte, du saugst.«

Sie nahm ihm die Zeitung aus der Hand, faltete sie zusammen.

»Da steht etwas Wichtiges drin ...«

»Nachher, das läuft nicht weg. Es ist Samstag, und du willst zum Spiel, oder nicht?«

Sie zog ihn mit in die Küche.

Im Wäschekorb lag die Bettwäsche, die sollte glattgezogen werden, das sparte das Bügeln.

Lindow dachte während dieses langjährig ausgeübten Vorgangs, dass Matthies vielleicht am Wochenende eine Rede hielt, dann hatte er Zeit bis Montag. Wenn sie die beiden Fälle, Merthen und Bünte, bis dahin aufklärten ...

Der Lokalchef stand im Zimmer und keifte.

Grünenberg spitzte den Mund und wartete, bis sein Einsatz kam. Der Herausgeber hatte den Ressortleiter Lokales, wie sein offizieller Titel war, dringend um eine längst fällige Maßnahme gebeten, und die gedachte der Lokalchef nun in die Tat umzusetzen.

»Ab sofort wirst du jeden Artikel, und ich sage jeden, hast du das verstanden, über meinen Schreibtisch laufen lassen.«

Mantz hatte sich bereits beim Herausgeber beschwert, man kenne ja diesen Schmierfink Grünenberg, man wisse ja, von welcher Couleur der sei, aber das ginge nun doch entschieden zu weit. Eine Handvoll Unwahrheiten gemischt mit bösartiger Polemik, anders könne der Polizeipräsident das nicht nennen.

»Ich finde, dass der PP gar nicht so unrecht hat, Klaus. Gar nicht so unrecht. Das ist doch billigste Stimmungsmache, die du betreibst.«

Leider habe er den Artikel ja nicht zu Gesicht bekommen, und auch sein Stellvertreter, der eigentlich dafür zuständig sei, habe wohl wieder geschlafen, aber das werde in Zukunft nicht mehr vorkommen, schließlich müssten doch die Prinzipien journalistischer Arbeit beachtet werden.

Dem Lokalchef ging die Puste aus.

»Und die wären?« fragte Grünenberg, dem dieses Donnerwetter Spaß bereitete. Wenn man sonst schon nichts bewegte mit seinen Zeilen, dann waren es diese emotionalen Ausbrüche, im eigenen Haus oder gelegentlich bei Pressekonferenzen, die das Salz in der Suppe ausmachten.

»Samstagskolumne, das heißt, etwas Nachdenkliches, etwas Friedliches, etwas Genüssliches, ist ja schließlich Wochenende, und die Leute wollen auch mal ihre Ruhe haben. Und du packst ihnen einen Eimer Scheiße auf den Frühstückstisch.«

»Dann hab ich mich in der Kolumne vergriffen, ich hätte auch einen Artikel schreiben können, mit allen Details. Wetten, dass dann der Herrgott auch gejammert hätte.«

Grünenberg hatte Wochenenddienst und das hieß Flaute. Glatzen polieren und Locken drauf drehen. Meistens saß er in der Redaktion und süffelte sich langsam zu, lieferte irgendeine abgestandene Meldung aus der vergangenen Woche nach und ging nach Hause, schlafen.

Aber das würde an diesem Samstag wohl ganz anders werden.

Kaum hatte Matthies sein Haus in der Colmarer Straße betreten, läutete auch schon das Telefon. Er hatte keine Lust, abzunehmen. Nicht in dieser Stimmung.

Sein Vortrag über die technische Explosion im kriminalpolizeilichen Ermittlungsdienst war ausgefallen, weil nicht genügend Zuhörer gekommen waren. Mit dem ersten Zug war er nach Hause gefahren. Immerhin war er solo, weil seine Frau sich bei ihrer Schwester in Berlin aufhielt. Das Telefon verstummte.

Die großen Zimmer in der Beletage, mit dem Blick auf einen Garten, in dem eine große Rotbuche das Bild bestimmte, waren aufgeräumt. Freitags kam die Putzfrau, was Matthies gerne zum Anlass nahm, seine wichtigen auswärtigen Termine zu dieser Zeit wahrzunehmen.

Das Telefon klingelte wieder.

Matthies ging in den ersten Stock, um sich im Bad etwas frisch zu machen. Das nächste Mal würde er nicht wieder nach Hamburg fahren, wenn die dort nur ganze vier Zuhörer auf die Beine brachten. So eine Blamage. Aber er hatte seine Spesen erhalten und auch eine Übernachtung in einem Nobelhotel war drin gewesen. Er sah das freie Wochenende als eine Art Belohnung an.

Das Klingeln hörte auf.

Matthies wechselte von seinem dunkelgrauen Leinenanzug in eine Freizeithose und einen weiten Pullover. Er dachte daran, dass seine Frau ihm einen Kuchen gebacken hatte, er wollte sich einen schönen Tee dazu machen. Leider war es empfindlich kalt geworden, sodass der Besuch des Fußballspiels am Nachmittag in Frage stand. Aber das wollte er später entscheiden.

Als er auf dem Treppenabsatz stand, begann das Telefon erneut zu läuten. Mit ein paar sportlichen Sprüngen war er unten und nahm den Hörer ab. Verärgert sagte er seinen Namen.

»Matthies, endlich, ich wähle mir schon die Finger krumm. Was ist denn mit diesem Lindow los? Der Mann muss ja völlig durchgedreht sein. Finden Sie nicht?«

Es war Mantz, der Polizeipräsident. Und Matthies war nicht im Bilde.

»Ja, finde ich auch.«

»Was fällt dem denn ein, ich denke, er hat dieses Jahr sein silbernes Dienstjubiläum, aber das kann er sich in die Haare schmieren.«

Es gab keinen Zweifel, dass der Polizeipräsident von ihm verlangen würde, Lindow zu maßregeln. Diese Anzeige war schon eine Frechheit von dem Hauptkommissar, aber deswegen musste Mantz sich doch nicht so echauffieren.

»Ich habe schon bei der Zeitung angerufen und mich beim Herausgeber persönlich beschwert. Das musste ich tun. Finden Sie nicht auch?«

»Doch, richtig«, echote Matthies. Er konnte sich zwar keinen Reim auf diese Feststellung machen, aber zustimmen war nie verkehrt.

»Sie müssen ihn sich zur Brust nehmen, Matthies. Sie haben freie Hand von mir. Noch heute, verstehen Sie.«

»Ja.« Matthies war einsilbig geworden.

Er legte auf.

Sein freier Samstag: perdu. Das Spiel, zu dem er jetzt gerne gegangen wäre, konnte er knicken.

Was war überhaupt passiert?

Zwei Stunden später bekam Lindow einen Anruf, der seine Laufbahn bei der Kripo wesentlich verändern sollte. Er hatte bereits seinen dicken Wollmantel angezogen und seine Schlägermütze auf dem Kopf, als Matthies ihm telefonisch die Freundschaft kündigte.

Anfangs hielt Lindow das für einen Scherz. Nach mehr als zwanzig Jahren. Aber er merkte, dass Matthies zu keinem Scherz aufgelegt war. Er wollte ein Disziplinarverfahren einleiten, wegen Veröffentlichung von Dienstinterna. Lindow konnte ihn auch nicht überzeugen, dass allein die Tatsache, dass Grünenberg in seinem Artikel nichts von Lindows Anzeige erwähnte, bewies, dass er keinen Kontakt zu dem Journalisten gehabt hatte. Matthies sah das als bewusste Unterschlagung einer Information an, um die Polizei in noch schlimmerem Lichte zu zeichnen. Außerdem drohte er ihm an, ihn aus der Mordkommission zu entfernen. Er hätte lange Jahre sein nicht einfaches Wesen ertragen, aber jetzt sei der Brunnen übergelaufen. Das hätte er sich früher überlegen müssen. Dieser Artikel würde ihr Verhältnis unzumutbar belasten. Ab sofort werde er ihn wieder siezen.

Als das Gespräch beendet war, nahm Lindow seine Handschuhe von der Garderobe.

Das Fußballspiel begann pünktlich.

Werder verlor im ersten Spiel der Rückrunde mit eins zu zwei gegen Eintracht Frankfurt.

12

Ich habe damals lange überlegt, ob ich die Anzeige zurückziehen soll. Tagelang. Ich geriet ins Wanken, weil ich mir nicht mehr sicher war, ob ich es nicht doch nur getan hatte, um meine eigene Eitelkeit zu befriedigen. Um zu zeigen, hier steht einer und macht seinen Rücken gerade, seht ihn an.

Als der Artikel in der Zeitung stand und dann die Hetze auf mich losging, wurde mir klar: Ich darf meine Anzeige auf keinen Fall zurückziehen. Ich hatte mich mitten ins Wespennest gesetzt. Wenn ich damals klein beigegeben hätte, dann hätte ich die letzten Jahre bis zur Pensionierung nur noch Akten hin- und hertragen dürfen.

Was mich am meisten erstaunte, war die Tatsache, dass jeder im Präsidium davon ausging, dass ich Grünenberg die Story geliefert hätte. Das Einzige, was er wirklich von mir bekommen hat, war der Hinweis auf das 6. Revier, das sich mal wieder einen zweifelhaften Ruf eingehandelt hat. Er wollte, nachdem er auf eigene Faust alles recherchiert hatte, von mir eine Bestätigung der Namen, aber die habe ich ihm versagt.

Was der Artikel bei mir ausgelöst hat? Schwer zu sagen. Einerseits war ich froh darüber, weil auf diese Art und Weise mal über ein dringendes Thema geredet wurde, Vom unter den Teppich kehren ändert sich ja bekanntlich nichts. Es war jetzt öffentlich, und das sollte bedeuten, dass nun eine Diskussion in Gang kam. Schließlich heißt es immer: Darüber muss in einer Demokratie öffentlich diskutiert werden. Glauben Sie bitte nicht, dass ich nach so vielen Jahren im Dienst immer noch daran glaube. Aber nun stand der Artikel in der Samstagszeitung, und viele haben ihn gelesen. Nicht nur bei der Polizei. Es ist ja nicht so, dass in internen Kreisen nicht bereits über das Thema gesprochen wurde. Aber jetzt konnte eine ganz andere Öffentlichkeit entstehen.

Meine Frau hat gesagt, dass ihr der Artikel ganz schön nahegegangen sei, weil sie mit einem Polizisten zusammenlebe. Sie fand gut, dass er gedruckt wurde.

Die Kollegen, mein Gott, alle hatten die gleiche Meinung: Nestbeschmutzung, so was tut man nicht, es würde nur auf mich zurückfallen. Mal hinter vorgehaltener Hand, eine kleine Bestärkung habe ich auch erlebt: Es sei auch mal Zeit, dass die vom 6. Revier eins vor den Bug kriegen. Im Einzelnen will ich nichts dazu sagen, wäre ja eine Veröffentlichung von Dienstinterna. Was der Artikel bei mir noch ausgelöst hat? Ich will Ihnen ganz offen sagen, ich habe eine Scheißangst gekriegt.

13

Matthies machte sich auf den schweren Weg.
Wenn er wenigstens von einer guten Veranstaltung bei den Hamburger Kollegen hätte berichten können, von einer wichtigen Diskussion, von der Ehre, die er für die Polizei mit seinen Vorträgen einlegte. Aber die Veranstaltung hatte gar nicht stattgefunden, wahrscheinlich wusste Mantz schon davon.

Im dritten Stock wartete bereits Harms auf ihn, der Pressesprecher. Ein langer, hagerer Mann, dessen Haarpracht bis auf zwei Strähnen gelblich-weißer Couleur verlorengegangen war. Ständig bemüht um jugendliches Aussehen, gebräunt im Sonnenstudio. Der Polizeirat war ihnen von der Partei verordnet worden, die wollten ein langjähriges Mitglied mit einer sicheren Stelle belohnen und hoben Harms auf die Position des Polizeisprechers.

»Matthies, kommen Sie schon. Der Chef wartet nicht gerne.«

Am liebsten hätte der Kriminaldirektor auf seine Magenverstimmung hingewiesen, auf sein bleiches Aussehen und sein miserables Wochenende. Werder hatte verloren, die Ölheizung war kaputt …

Mantz stand hinter seinem Schreibtisch.

Kurze Begrüßung.

Kein überflüssiges Wort.

Matthies musste einen Bericht darüber geben, was er nun zu unternehmen gedenke.

Harms hatte sich bereits Gedanken gemacht: »Die Offensive, rate ich, da hilft nur die Offensive. Ich telefoniere um elf eine Pressekonferenz zusammen, dann werden wir von uns aus Stellung nehmen.«

Mantz war etwas ratlos. Blickte zwischen den beiden Gesprächspartnern hin und her. Sein Pfeifenständer, der gefüllt neben seinem hölzernen Namensschild stand, wackelte leicht, als er nach der bauchigen Meerschaumpfeife griff. Die Kollegen in der französischen Partnerstadt hatten von seinem Hobby gehört und ihm dieses seltene Stück bei dem letzten Besuch verehrt.

»Herr Harms, was werde ich sagen?« fragte Mantz und stopfte sich in die Pfeife.

»Selbstreinigung, rate ich. Wir klären solche Vorkommnisse selbst, natürlich wird der Fall der Polizisten untersucht, natürlich haben wir schon Schritte eingeleitet, natürlich. Dazu brauchen wir keine noch so gut gemeinten Ratschläge von der Presse. Wir sind denen einen Schritt voraus. Ansonsten ist der Artikel nicht zu beachten.«

Mantz hatte die Strategie nicht verstanden. Schüttelte den Kopf.

Die Pfeife wollte nicht richtig brennen.

»Was wollen denn die von der Presse? Die wollen, dass wir ihnen zustimmen, jawohl, da haben wir eine Schwachstelle. Das können sie haben, aber nicht zu dem Preis. Wir werden mit solchen Leuten selbst fertig. Die beiden Streifenpolizisten werden befragt, eine Untersuchung wird in Gang gesetzt ...«

Matthies erhob sich: »Mein Magen, ich muss zur Toilette, entschuldigen Sie bitte, meine Herren ...« So eine Magenverstimmung konnte auch ihr Gutes haben. Er verließ das Dienstzimmer des Polizeipräsidenten, in der Hoffnung, dass er so schnell nicht wiedererscheinen brauchte.

Pinneberger stand am Bett von Köhler.
Dieses Krankenhaus regte ihn auf. Erst war niemand in der Lage, ihm zu sagen, wo er den Patienten finden konnte, dann war der Oberarzt gerade zur Visite. Die Schwester

hatte ihm unmissverständlich zu verstehen gegeben, dass der Patient Ruhe brauche.

Ruhig war es allerdings. Die gedämpften Geräusche vom Flur waren das Einzige, was Pinneberger vernahm. Köhler sagte nichts.

Als ihm Lindow am Sonntagnachmittag von diesem merkwürdigen Mann berichtet hatte, hatte er nichts darauf gegeben. In jeder Hochhaussiedlung gab es bestimmt mehrere geistig verwirrte Menschen. Lindow war ja auch nicht sicher. Aber als er ihm die beiden Stahlseile auf den Schreibtisch legte und lapidar hinzufügte, die habe er bei Köhler von der Wand genommen, hatte Pinneberger begriffen, dass sein Kollege nicht einfach eine hilflose Person ins Krankenhaus geschafft hatte.

»Herr Köhler, können Sie nicht sprechen?«

Pinneberger war verzweifelt. Seit einer Viertelstunde versuchte er, den Mann zu befragen. Sein eingefallenes Gesicht, sein gelichtetes Haar, der weißgraue Krankenhauskittel. Der Mann starrte ihn unentwegt an.

»Haben Sie eine Erklärung für diese Seile?«

Pinneberger hielt sie ihm hin, wie man einem Hund einen Knochen hinhält.

Keine Reaktion.

Pinneberger trat einen Schritt zurück, rollte die Stahlseile ein. Der Mann war viel zu apathisch, um einen, vielleicht zwei Morde zu begehen. Woher sollte er die Kraft dazu aufbringen? Wenn er nicht einmal genügend Kraft hatte, sich zu äußern?

»Sie wollten mich sprechen, Herr Lindow?«

Der Oberarzt.

»Pinneberger, Fritz Pinneberger. Ich habe den Fall von Lindow übernommen.«

»So. Ja. Gut.«

Der Oberarzt reichte ihm die Hand.

»Wieso spricht der Mann nicht?« fragte Pinneberger und sah auf Köhler.

»Er spricht. Aber selten.«

»Was soll das heißen?«

»Die Schwestern haben mit ihm gesprochen, wenig. Das Nötigste.«

Pinneberger wusste nicht, was das Nötigste war, aber wenn der Oberarzt nicht mehr zu sagen hatte ...

»Haben Sie den Mann untersucht?«

»Wir sind dabei.«

»Gibt es eine Vermutung?«

Köhler schloss die Augen. Seine Hände krampften sich auf der Bettdecke zusammen.

»Psychose.«

»Was heißt das?«

»Schock. Depression. Schizophrenie. Das kann alles heißen.«

Pinneberger spürte, dass der Oberarzt ihn abspeisen wollte, spürte, wie er ihn herablassend behandelte.

»Was kann der Grund sein?«

»Fehlsteuerung der chemischen Signalüberträger. Neurotransmitter.«

»Darunter kann ich mir nichts vorstellen.«

»Ja.« Der Oberarzt zuckte mit den Mundwinkeln. Pinneberger sah ihn an.

»Um Informationen von einer zur anderen Nervenfaser zu übermitteln, bedarf es chemischer Neurotransmitter, die die Lücken zwischen den Nervenfasern zu überbrücken haben. Bei längeren Störungen kommt es zu Psychosen.«

Pinneberger nickte, obwohl er kaum verstand, was der Oberarzt ihm erklärte.

»Das kann ein Grund sein. Ich möchte mich da nicht festlegen.«

»Andere Gründe gibt es auch noch?«

»Die Forschung ist noch nicht so weit.«
Pinneberger verkniff sich weitere Fragen.

Lindow wollte sich nicht wie ein kleiner Junge behandeln lassen.

»Ich kann deine Aufregung verstehen, Hans. Ich habe sogar verstanden, dass du nach der Lektüre des Artikels nicht gerade gejubelt hast. Aber jetzt sind wir wieder im Dienst, da kann man vernünftig reden.«

Wolfgang Lindow hatte an diesem Morgen den dunkelblauen Cordanzug gewählt, feine Rippe, dazu eine hellblaue Leinenkrawatte. Er wollte direkt zu Mantz gehen. Wollte dem Polizeipräsidenten sagen, dass er nichts mit diesem Artikel zu tun hatte. Noch während der Fahrt zum Präsidium hatte er sich die Sätze vorgesagt, die er Mantz sagen wollte. »Ich habe die Anzeige gegen die beiden Streifenbeamten geschrieben. Das ist meine Angelegenheit. Im Artikel wird davon nichts erwähnt. Deswegen habe ich auch nichts damit zu tun. Der Artikel ist eine schlecht fundierte Darstellung.« Diese Wendung war ein Kompromiss, den er wählen wollte. Ihm war klar, dass er sich kompromissbereit zeigen musste. Mantz würde den Artikel natürlich ganz anders beurteilen, aber Lindow wollte ihm nicht weiter entgegenkommen.

Jetzt stand er vor dem Dienstweg.

Matthies kehrte ihm den Rücken zu.

»Der Chef ist schlecht gelaunt und hat Magenschmerzen«, hatte die junge Sekretärin gesagt, als Lindow um ein Gespräch mit Matthies bat.

»Herr Lindow, ich sehe mich im Moment nicht in der Lage, eine Unterhaltung mit Ihnen zu führen.«

Das konnte doch nicht sein Ernst sein. Lindow war darauf gefasst gewesen, dass das Klima zwischen ihnen abgekühlt war, aber dass Matthies auf Eis bestand, war nicht einzusehen.

»Hans, sag mir mal bitte, was sich seit Freitag geändert hat. Du hast mein Wort: Der Artikel ist ohne mein Zutun erschienen. Reicht das nicht?«

Lindow ging um den Schreibtisch herum, packte Matthies an den Schultern. Drehte ihn so, dass er sein Gesicht sehen konnte. »Ich will das schriftlich von Ihnen.«

»Was?«

»Dass Sie mit dem Artikel nichts zu tun haben.«

»Kannst du haben.«

Lindow kam es albern vor, plötzlich wieder seinen Chef zu siezen.

»Ich denke, am Wochenende werden wir eine Entscheidung fällen.«

»Du wirst eine Entscheidung fällen, meinst du?«

Matthies wandte sich wieder von ihm ab.

»Verdammt noch mal«, Lindow hielt sich nicht mehr zurück, »was soll ich denn noch machen, damit hier wieder normale Verhältnisse einkehren? Auf den Knien rutschen?«

Matthies Rücken blieb stumm. Unbewegt. Wie eine Statue. Alte Schule. Kein überflüssiger Satz an Untergebene. Die Hände über dem Hintern verschränkt.

»Ich gehe zu Mantz. Vielleicht weiß der eine Antwort.«

»Der Polizeipräsident befindet sich in einer Pressekonferenz, Herr Lindow. Ich untersage Ihnen, sich in dieser Angelegenheit direkt an ihn zu wenden.«

Wieder hatte der Rücken seine starre Haltung eingenommen.

»Was soll ich jetzt tun?«

Immerhin hatte er Pinneberger schon auf den Weg geschickt. Nicht, dass man ihm vorwerfen konnte, er habe wichtiges Beweismaterial unterschlagen.

Lindow fiel keine Möglichkeit ein, das Eis aufzutauen. »Dann gehe ich jetzt in mein Büro und warte eure Entscheidung ab.«

Er drehte sich um und ging hinaus.

Die Sekretärin sah nur kurz zu ihm auf.

Lindow zeigte ihr den Vogel, der eigentlich seinem Chef galt.

Die Pressekonferenz, die im Oktogon der *Glocke* abgehalten wurde, schien ein voller Erfolg zu werden.

Harms hatte eine Darstellung des Untersuchungsstandes gegeben, die jeden überzeugen musste. Man habe bereits eine Kommission gebildet, die beiden Streifenbeamten seien nur deswegen zum Einsatz geschickt worden, damit sie diese Untersuchung nicht beeinflussen konnten. In ein bis zwei Wochen rechne man mit einem Ergebnis, das man selbstverständlich an gleicher Stelle wieder der Öffentlichkeit vorlegen wolle.

Der kleine Raum, in dem häufiger die vornehmen Pressekonferenzen abgehalten wurden, war gut gefüllt. Rundfunk und das lokale Fernsehen waren anwesend, die Kolumne von Grünenberg hatte ihre Leser gefunden. Zu den Informationen wurden Getränke und Schnittchen gereicht. Auch dies diente, wie üblich, zur Verdauung des angebotenen Materials.

Mantz hatte sich in langer Rede darüber beklagt, wie selten die Polizei gelobt werde, immer nur, wenn mal etwas schiefgegangen sei, gerate man in die Schlagzeilen. Die täglichen Einsätze, die vielen Überstunden, all das werde niemals gewürdigt. Er halte das für ungerecht, für unsauberen Journalismus. Es sei natürlich das gute Recht der Presse, sich mit Verfehlungen zu beschäftigen.

Die Fragen, die von den anwesenden Journalisten gestellt wurden, kamen träge. Einer wollte wissen, wann es erlaubt sei, mit den Beamten ein Interview zu machen. »Jederzeit, aber nicht, solange die Untersuchung läuft«, sagte Harms und lächelte dabei. Ein anderer fragte, wie denn die Kommission besetzt sei. »Darüber möchte ich nicht öffentlich sprechen, schließlich ist das für unsere Kollegen ja auch keine leichte Arbeit.« Harms machte ein bedeutungsvolles Gesicht.

Grünenberg betrat das Oktogon, verspätet wie so oft.

Mantz erhob sich und sagte, wenn keine weiteren Fragen mehr zu stellen seien, dann wünsche er noch einen guten Appetit bei den Schnittchen. Auch Harms stand auf, er überragte den Polizeipräsidenten um einen Kopf.

Grünenberg verfluchte sich, dass er mal wieder zu spät kam. »Ich denke, Sie haben über meinen Artikel gesprochen, dazu würde ich gerne noch eine Frage stellen«, rief er.

Harms wehrte ab: »Wir haben Ihren Artikel mit keiner Silbe erwähnt, Herr Grünenberg, aber stellen Sie ruhig Ihre Frage.«

Grünenberg schluckte, die Trommelfelle knackten, als befinde er sich im Landeanflug. »Wird der Polizeipräsident Konsequenzen aus diesem Vorfall ziehen?«

Mantz stand bereits an der Tür, so eilig hatte er es.

Harms lachte: »Informieren Sie sich bei Ihren Kollegen, die waren rechtzeitig da.«

Die Journalisten stimmten ein, allgemeines Gelächter. Der Kameramann machte ein paar schöne Schnittbilder für den Kommentar in der abendlichen Regionalsendung.

Grünenberg war die Lust vergangen, sich weiter zum Narren zu machen. Noch bevor Mantz den lichten Raum verlassen konnte, ging Grünenberg durch die Tür.

»Ich denke, ich werde noch Gelegenheit haben, Sie zu dieser Geschichte zu befragen, Herr Polizeipräsident.«

Lindow wartete.
Ohne genau zu wissen, worauf.

Er hatte sein Jackett abgelegt, den Schlips gelockert, und saß auf dem grünen Bürostuhl, dessen hölzernes Gestell gelegentlich unter seinem Gewicht ächzte.

In Gedanken war er immer wieder die Frage durchgegangen, ob man ihm beweisen konnte, dass er mit Grünenberg gesprochen hatte. Beim 6-Tage-Rennen war niemand dabei gewesen, sie waren alle schon zu betrunken gewesen. In der *Pfanne* war kein Kollege gewesen. Am Tatort, bei der Bünte, hatten Polizisten sie beide zusammen gesehen, das stand fest.

Als führte er eine Untersuchung im eigenen Fall, überlegte er die Wahrscheinlichkeit, mit der dieses Zusammentreffen entdeckt und Matthies oder Mantz mitgeteilt werden könnte.

Er wollte nichts unternehmen, was schlafende Beamte aufwecken konnte.

Er hatte mit Helga telefoniert, sich nach dem Abendessen erkundigt und ihr nebenbei erzählt, wie sein Chef ihn abgefertigt hatte. Helga bot an, die Angelegenheit ausführlicher mit ihm zu bereden, jetzt, wo das Kind in den Brunnen gefallen sei. Aber Lindow mochte sich nicht weiter äußern.

Es war wie ein Kloß im Hals, der immer härter wurde. Bald würde er ihn ersticken.

Lindow wusste genau, dass es keinen Zweck hatte, direkt zu Mantz zu gehen, weil der ihn erst mal auf den Dienstweg verweisen würde. Außerdem war er sich ganz sicher, dass Matthies den Vorgesetzten auf dem Laufenden hielt.

Vielleicht sollte ich die Blumen gießen, dachte Lindow, und holte aus dem Aktenschrank die Plastikgießkanne hervor.

Die Kreuzworträtsel waren auch noch nicht alle gelöst.

14

Franz Kandel spielte Tourist in Amsterdam. Mit gutem Erfolg. Am Wochenende hatte er sich zwei Kameras umgehängt und ein paar gute Stücke aus seiner eigenen Anschaffung in eine neue, geräumige Kameratasche gepackt. Das Sterlingkännchen war auch darunter. Er war in den Zug gestiegen und nach Holland gefahren. An der Grenze gab es keine Schwierigkeiten, weil ein Tourist unter Touristen nicht auffällt.

Er fand eine kleine Pension in der Bloemgracht, deren niedrige Zimmer Gemütlichkeit ausstrahlten. Vielleicht sollte er sich auf Kundschaft in Amsterdam verlegen. Seine stille Methode war bestimmt noch nicht so bekannt im Ausland.

Bei der Menge der Antiquitätenläden, die er bei ausführlichen Spaziergängen zwischen Westkerk und Leidseplein studierte, dürfte es kein Problem sein, die Ware unters Volk zu bringen. Auch die Märkte machten ihm nicht den Eindruck des rein legalen Handelns.

Die erste Nacht schlief er blendend. Bergs langer Arm konnte ihn hier nicht erreichen.

Die zweite Nacht war etwas unruhiger, weil er am Sonntag nichts von seinen Stücken verkaufen konnte.

Am Montagmorgen ließ er sich das reichhaltige Frühstück des Pensionsbesitzers van Onna schmecken und fragte ganz beiläufig, wo man denn am besten Silber oder Gold kaufen und verkaufen könne. Van Onna war nicht gerade ein Spezialist auf dem Gebiet, holte sich aber Rat bei einem Freund, mit dem er lange am Telefon turtelte, und kam mit zwei wertvollen Adressen zurück.

Kandel bezahlte seine Rechnung und machte sich gleich auf den Weg.

Der Himmel war klar. Zwischen den Grachten ging ein heftiger Wind. Die touristischen Attraktionen interessierten den Touristen Kandel nicht. Er hatte nur den Absatz im Auge. Hoffentlich sprach man Deutsch in dem Geschäft.

Kandel marschierte die Prinsengracht entlang, spürte, wie die Läden immer vornehmer und er langsam unsicher wurde. Die Adresse befand sich zwar nicht direkt an der Nobelwasserstraße, aber so viel anders konnten die Läden in Seitengassen auch nicht sein.

Kandel hielt seine gefüllte Fototasche in festem Griff. Er trug schwer an seinen Schätzen.

Immerhin, das Ziel war lohnend. Wenn er einen Abnehmer fand, der nicht viel fragte, dann konnte er auch ohne den Gauner Berg auskommen, der immer die Preise herunterhandelte.

Einmal im Monat nach Amsterdam fahren, das musste zu schaffen sein.

Soviel Ware war nicht schwer zu beschaffen.

Das Antiquitätengeschäft, das der Pensionsbesitzer Kandel genannt hatte, war noch nicht geöffnet. Die Auslage stimmte den Versicherungsvertreter froh. Genau sein Metier.

Es gab sogar ein Sterlingkännchen auf schwarzem Samt, das seinem nicht unähnlich war. Der Preis erfreute ihn: 650 Gulden.

Franz Kandel betrat einen italienischen Coffeeshop, bestellte sich einen Cappuccino und ein Stück Käsekuchen und wartete darauf, dass der Besitzer des Antiquitätengeschäftes die Rollläden hochzog. Er setzte sich auf einen der drei roten Plastikhocker und begann sein zweites Frühstück.

»*Un panino con prosciutto non ce l'hai*«, rief ein Mann, der in den Coffeshop stürzte. »Ein Brötchen mit Schinken hast du nicht, oder?«

Der Wirt schüttelte den Kopf, die anderen Gäste sahen auf. Auch Franz Kandel war überrascht von der italienischen

Lautstärke, die alle gemurmelten Gespräche im Raum unterbrach.

Kandel wandte sich wieder seinem Käsekuchen zu.

Zwei Minuten später begann er, seine Fototasche zu suchen. Erst unter seinem Sitz, wo er sie abgestellt hatte, dann an der Theke, dann fragte er den Besitzer, der ihm freundlich mitteilte, er habe gar keine Fototasche bei ihm gesehen.

Franz Kandel ließ den halb ausgetrunkenen Cappuccino stehen, vergaß den Käsekuchen und verließ den Coffeeshop eilig.

»Sie müssen noch zahlen«, rief der Besitzer hinter ihm her. In akzentfreiem Deutsch.

Fritz Pinneberger und sein Kollege Davids machten dem Raubritter eine große Freude.

Die Garage, in der die drei Polizisten standen, war eine Fundgrube für das Einbruchsdezernat.

»Und so ebbes am Mondag, gell«, der Kollege Ritter brauchte nur noch abzuhaken. Über Funk ließ er sich die Daten der als gestohlen gemeldeten Gegenstände durchgeben, und jedes Mal, wenn er fündig wurde, jubelte er. Es war wie *Schiffe versenken*.

Pinneberger behielt sich eine zweite Überraschung für den schwäbischen Kollegen vor und warnte Davids, ihm auch nur ein Wort davon zu sagen.

Der Schrotthändler Berg hatte sein Versteck preisgegeben. Pinneberger kamen die gerahmten Bilder, Silberwaren und geschnitzten Kleinodien bekannt vor, denn er hatte einige von ihnen bereits beim ersten Besuch in Bergs Arbeitszimmer gesehen.

Mit jedem Fundstück gab Ritter auch gleich das Strafmaß an, das Berg zu erwarten hatte.

»Jetscht hat er e Jährle voll«, strahlte er.

Davids mahnte zum Aufbruch. Es sei schließlich nicht ihre Aufgabe, die Arbeit des Einbruchsdezernates zu überwachen. Aber Pinneberger ließ sich nicht von diesem Erfolgserlebnis weglocken, schließlich ging die Aufdeckung ja auf ihr Konto. In knappen Worten hatte er Davids von seinem frühen Krankenhausbesuch erzählt, von dem stummen Herrn Köhler, hatte sich über den überheblichen Oberarzt ausgelassen, und war zu dem Schluss gekommen, dass es sich um einen Zufall handeln musste, dass Lindow bei diesem Herrn Köhler Stahlseile an der Wand entdeckt hatte. Davids widersprach Pinneberger nicht.

»Also, auch den russischen Deppisch hot er eingsackt, es isch zu schön«, Ritter pendelte zwischen Wagen und Garage hin und her. »Das kommt in die Zeidong, meine Herre. Und i zahl was in die Skatkass, versteht sich. Dä Säckel is dran, gell.«

Pinneberger wollte an sein Versäumnis nicht erinnert werden und erwiderte, das sei nicht nötig. Aber Ritter bestand darauf.

Als alle Gegenstände notiert und den Verlustmeldungen zugeordnet waren, sagte Pinneberger und zwinkerte Davids dabei zu: »So, und jetzt das Warenlager des Herrn Kandel. Wir fahren in die Pension *Zum Fürsten*. Ich denke, da können Sie gleich weitermachen, Raubritter.«

»Hend Sie denn en Durchsuchungsbefehl?« fragte Ritter, dem diese Entdeckungsserie unwahrscheinlich vorkam.

»Herr Kandel war einer der Beschaffer von Berg. Nach dem fahnden wir noch. Mordverdacht.«

»So, des hätt i net denkt«, Ritter knöpfte sich den Mantel zu, »bitte, nach Ihne.«

»Seit wann siezen wir uns?« gab Pinneberger zurück.

»Reine Hochachtung, nix als Hochachtung.«

Ritter hielt die Wagentür auf.

Wie ein gelernter Butler.

Kurz nach fünf schaltete Grünenberg das Radio an, er wollte hören, was die Kollegen aus der Pressekonferenz machten, die Mantz und Harms am Morgen veranstaltet hatten.

Seine Verärgerung über sein Zuspätkommen war im Laufe des Mittags der Erkenntnis gewichen, dass nicht zu leugnen war, dass ohne seinen Artikel diese improvisierte Polizeischau nicht zustande gekommen wäre. Das machte ihn stolz. Natürlich sprachen sie nicht über seinen Artikel: Die Polizei nicht, weil er ihr peinliche Fragen stellte; die Kollegen nicht, weil sie neidisch waren. Es war nur eine Frage der Zeit, wann er nachhaken wollte. Diesmal dürfte Lindow aber nicht mehr kneifen.

Der Lokalchef wollte genau wissen, was aus der Pressekonferenz herausgekommen war. Grünenberg antwortete mit großen Blasen, blubberte etwas von ausgedroschenem Stroh, natürlich gebe die Polizei nie einen Fehler zu. Er beruhigte den Ressortleiter Lokales mit der Feststellung, dass er wohl lieber nichts schreiben werde.

Die Redaktion war emsig. Von allen Seiten hörte man Schreibmaschinengeräusche.

Telefonklingeln, Türenschlagen. Grünenberg musste das Radio etwas lauter stellen.

Der Bericht über die Pressekonferenz fiel mager aus. Kaum zwei Minuten. Dann sagte der Moderator: »Zu diesem Thema haben wir einen Kommentar, meine lieben Zuhörer. Es spricht Dr. Legeisen.«

»Übereifer schadet nur«, begann der prominente Lokalreporter seinen Text, »besonders, wenn es sich um brisanten Stoff handelt. Und den pflegt uns die Presse gelegentlich zu offerieren. Am Wochenende konnte man wieder ein Beispiel dieses Übereifers studieren. Ein Frontalangriff auf die Polizei, mit Zynismus zubereitet und wenig Handfestem. Anstatt sich genau bei den entsprechenden Stellen zu erkundigen, sorgfältig nachzufragen, sauber zu recherchieren, wurden uns Ungereimtheiten schwarz auf weiß präsentiert, die mit wenigen Sätzen heute Morgen aus der Welt geräumt werden konnten. Natürlich sind wir Journalisten zur Schnelligkeit angetrieben. Wer möchte schon die Meldungen von gestern lesen? Es ist ebenfalls eine Tatsache, dass wir uns irren können, wie jeder andere Mensch auch. Aber in solchen Fällen muss der Irrtum ausgeschlossen und die Schnelligkeit der Verarbeitung vermieden werden. Was der Kollege von der Zeitung uns geboten hat, ist mehr als ein mögliches Versagen, dem wir alle unterliegen können. Es ist bösartig ...«

Grünenberg schaltete den Apparat aus.

Dr. Legeisen war ein harter Brocken. Wenn der zuschlug, landete er meist einen Volltreffer. Früher hatten sie mal zusammengesessen, gemeinsam Themen abgekocht, aber daran war heute nicht mehr zu denken.

Nur schade, dass der Lokalchef noch in seinem Zimmer war, so schnell wollte Grünenberg dessen Anordnung, ab sofort alle Artikel persönlich gegenzulesen, nicht unterlaufen.

In Gedanken entwarf er eine Erwiderung auf Dr. Legeisens Kommentar, voller persönlicher Injurien und Boshaftigkeiten.

Die Tür ging auf, und der Gerichtsreporter Mammen steckte den Kopf in den Spalt: »Der hat es dir aber gegeben, Klaus. Starker Tobak!«

Kurz vor Feierabend, als Lindow gerade einen französischen Nebenfluss mit sieben Buchstaben suchte, klingelte das Telefon und Pinneberger fragte an, ob er mal kurz stören dürfe. Lindow nahm das als einen der üblichen Scherze und sagte, heute sei er leider zu beschäftigt, aber in vierzehn Tagen wäre noch ein Termin frei.

Lindow ließ die Rätselhefte verschwinden und wandte sich alten Akten zu. Gerade das Nachstudium von geklärten Fällen solle der Weiterbildung der Kriminalbeamten dienen, so hatte er es auf der Akademie gelernt.

»Das war ein voller Erfolg, mein Lieber«, Pinneberger hatte die Klinke noch in der Hand und schon seine Erfolgsmeldung herausposaunt. »In Kandels Nebenraum, im *Fürsten*, da hättest du mal reinsehen müssen, das reinste Silber- und Goldkabinett. Ein Kenner. Aber leider ist er uns entwischt, so wie es aussieht.«

Pinneberger zog sich einen Stuhl heran.

Lindow drehte die Schreibtischlampe, damit sein Kollege nicht geblendet wurde.

»Ich bin mir ganz sicher, dass Kandel einiges erzählen könnte. Nicht nur, dass er von zwei Polizisten vermöbelt worden ist.«

Lindow registrierte die kleine Spitze, mit der Pinneberger auf ihn einstach.

»Meinst du wirklich, dass es so klug war, sich für so einen, also zumindest ist er ein Dieb, einzusetzen?«

Lindow juckte sich an der Nasenwurzel. Was will er von mir, ein Versöhnungsangebot von den Kollegen überreichen, wie einen Strauß Blumen, oder gar vom Chef?

»Der Mann hat genügend Zore aufgestapelt, die reicht für einige Zeit hinter Gittern.«

Lindow schlug die Füße übereinander. Jetzt wiederholt er sich, dachte er. Wenn sich einer wiederholt, dann weiß er nicht weiter.

»Wenn wir Kandel erst mal hätten, ...«

Das war sein letzter Satz. Und der blieb unvollendet.

»Fritz«, begann Lindow langsam, »Fritz, du musst zwei Sachen auseinanderhalten: Zum einen, der Kandel ist ein Dieb; das ist bereits erwiesen, vielleicht ein Mörder, Fragezeichen. Das haben wir zu untersuchen. Zum anderen, er ist, sagen wir es mal so, vermöbelt worden«, er nahm bewusst den Ausdruck auf, den Pinneberger gebraucht hatte, »das eine hat mit dem anderen nichts zu tun. Auch gegenüber einem Schuft, und dabei konnten die beiden das ja nicht wissen, auch gegenüber jemandem wie Kandel dürfen sich unsere Beamten nicht gehenlassen. Das ist mein Standpunkt.«

Er sah Pinneberger an, der seinem Blick nicht auswich.

»Vielleicht hast du recht, Wolfgang, vielleicht.« Pinneberger war sehr leise geworden. »Vielleicht muss man mal einen Punkt setzen.«

Lindow traute seinen Ohren nicht. Wie hatte es letzte Woche, wie noch vorgestern am Telefon, geklungen? Sein Verdacht verstärkte sich, dass Pinneberger auf Mission war. Die weiche Tour.

»Wie meinst du das, Fritz? Einen Punkt setzen?«

Pinneberger fuhr sich mit der Zunge über die Lippen, als müsse er seine Formulierungen anfeuchten.

»Ich habe am Wochenende lange mit Marianne gesprochen, die findet dich toll.«

»Welche Marianne?«

Lindow glaubte seinem Kollegen kein Wort.

»Ich habe eine Frau kennengelernt, die war am Wochenende bei mir, auch als wir telefonierten.«

»So, davon hab ich gar nichts gemerkt.« Lindow mochte das Dämmerlicht, das jetzt in seinem Büro war. Der Schein der Schreibtischlampe erleuchtete nur den unteren Teil von Pinnebergers Gesicht.

»Sie hat gesagt: Wenigstens einer mit Rückgrat.«

»Und?«

»Und warum ich nicht ...«

»Seit wann lässt du dich von einer Frau beeinflussen? Da müsstest du ja alle drei Monate deine Meinung wechseln, Fritz.«

Im gleichen Moment ärgerte sich Lindow über diese Anspielung auf Pinnebergers Wechselverhältnisse.

»Ganz ohne Quatsch, ich habe mir das überlegt. Es kann sein, dass du recht hast. Ich weiß es nicht. Die würden hier im Haus nicht so aufgeregt reagieren, wenn das alles Gewäsch wäre, was du von dir gegeben hast.«

Lindow hätte am liebsten seine Hand ausgestreckt.

»Marianne hat gesagt, wenn einer mal das Maul aufreißt und andere dann zu ihm halten, könnte sich was verändern. Vielleicht stimmt das.«

»Diese Marianne musst du mir vorstellen.«

»Sie arbeitet in der *Roten Spinne*.«

»Komm, erzähl keine Geschichten, Fritz.«

»Was ich sage, sie verdient sich da ihr Geld fürs Studium.«

Lindow knipste das Licht der Schreibtischlampe aus.

»Dann kann ich ja ruhig in den Feierabend gehen, in den wohlverdienten. Heute habe ich genug Fälle gelöst. Nur der französische Nebenfluss mit sieben Buchstaben muss noch gefunden werden.«

Gegen neunzehn Uhr wurde Franz Kandel an der niederländisch-deutschen Grenze aus dem Zug heraus verhaftet. Er wehrte sich nicht.

15

Lindow meldete sich krank.
Er hatte keine Lust, den ganzen Tag ohne Arbeit im Büro zu verbringen.

Beim Frühstück muffelte er Helga an, wartete darauf, dass sie zur Arbeit ging. »Der Wagen ist frei.«

Draußen schneite es dicke Flocken. Die Bäume im Garten spielten Märchenlandschaft. Vielleicht mal einen Spaziergang machen, dachte Lindow, einmal um den Block. Aber das war auch schon wieder Anstrengung.

Er spürte ein Unbehagen.

Nicht zu viel bewegen.

Ein Verlangen nach Ruhe.

Als sei er mitten in einer aufgeregten See. Er nahm nur selten einen Krankheitstag, er war nicht wie andere Kollegen, die jeden Vorwand nutzten, um sich vom Dienst zu entfernen. Er war nicht krank.

Ein Unbehagen, eine Unpässlichkeit.

Nicht mal nervös war er.

Er saß im Wohnzimmer, in seinem Sessel, schaute aus dem Fenster, sah die weiße Schicht auf dem Vogelhäuschen größer werden.

Mal saß ein dicker Spatz darin und verdrängte die kleinen Pieper, die am Rande versuchten, von den Sonnenblumenkernen zu naschen, dann wieder waren zwei, drei Meisen, die ruhigen Genießer, die sich den Platz nicht streitig machten. Aufregung, wenn ein Fußgänger zu dicht am Vogelhäuschen vorbeiging, dann flatterten alle weg. Näherten sich erst langsam wieder.

Lindow überlegte, ob er Grünenberg anrufen sollte. Mal richtig die Meinung sagen. Verdammter Schreiberling. Aber der war ja nicht der Stein des Anstoßes, er hatte ihm nur Geschwindigkeit verliehen.

Diese Unruhe kannte Lindow nicht.

Sein Leben war immer gleichmäßig verlaufen, ruhig.

Selbst dann, wenn ihn ein Mordfall in Atem gehalten hatte, wenn er manchmal sechzehn, achtzehn Stunden hintereinander unterwegs gewesen war, wenn sein schwerer Körper litt, selbst dann, wenn er den Druck aus den oberen Etagen spürte.

Diese Unruhe saß an einer anderen Stelle.

Zentraler.

Lindow erhob sich langsam von seinem Sessel.

Neun Uhr drei.

Der Sekundentakt der glänzenden Wanduhr, der Zeiger in Rot. Warum soll ich mir Sorgen machen, dachte Lindow, nach fünfundzwanzig Jahren. Aber er machte sich Sorgen. Der Rücken von Matthies fiel ihm wieder ein. Die Statue. Nicht in der Lage, eine Unterhaltung zu führen.

Verdammter Redner.

Im Badezimmer regte sich Lindow darüber auf, dass schon wieder der Warmwasserhahn tropfte. Wie oft hatte er Helga gesagt, was für eine Vergeudung das war. Wie wenig es bedurfte, daran zu denken, ihn fest zuzudrehen, wie unbedacht, es zu vergessen.

Er begann eine Rechnung aufzustellen. Pro Sekunde ein Tropfen. Sechzig Tropfen in der Minute.

Aus der Küche holte er einen Messbecher und zählte sechzig Tropfen hinein. Zehn Kubikzentimeter Wasser in einer Minute, ein halber Liter in fünfzig Minuten.

Auf einen Zettel schrieb er, was Helga in Zukunft zu bedenken habe. Er verbohrte sich in seine Rechnung. Wenn der Hahn sieben Tage lief, dann waren hundert Liter Wasser vergeudet. Mit Rotstift schrieb er:

Hundert Liter Wasser!!

So konnte man die Zeit für eine Woche messen. Hundert Liter, tropfenweise.

Wie viele Liter dauerte es, bis Matthies ihm Bescheid gab? Dreißig, vielleicht vierzig Liter. Oder mehr. Er klammerte sich an den Satz, dass Matthies ihm für das Wochenende eine Entscheidung versprochen hatte.

Das elektronische »Ding Dong« der Haustür.

Lindow wollte nicht aufmachen.

Ich arbeite.

Aber der Besucher gab nicht auf.

Langsam ging Lindow zur Tür.

Es war Pinneberger.

»Wolfgang, ich brauche dich. Wir haben Kandel.«

Lindow schüttelte den Kopf. Er sei krank, nicht zu gebrauchen, irgendwas am Magen, Kopfschmerzen, Gliederschmerzen, das rechte Bein, er zählte wahllos Krankheiten auf, und außerdem dürfe er sich nicht um den Fall kümmern.

Fritz Pinneberger hatte Schnee auf dem viel zu dünnen Trenchcoat. Er mogelte sich an Lindow vorbei, ging an die Garderobe und nahm den Wollmantel.

»Darf ich Ihnen helfen, Herr Hauptkommissar?«

»Und Matthies?« fragte Lindow, der bereitwillig seine Arme nach hinten streckte.

»Soll uns am Arsch lecken. Er kann ja wählen, lieber ein paar Fälle ungeklärt oder seinen fähigsten Querkopf bei der Arbeit.«

Lindow wies auf die Pantoffeln.

»Wenn ich damit in den Dienst gehe, kommt doch niemand darauf, dass ich simuliere. Vielleicht sollte ich meinen Arm in eine Schlinge legen.«

Matthies war an diesem Morgen bester Laune. Wenigstens brauchte er sich nicht mit Lindow auseinanderzusetzen, zumindest eine gute Nachricht, diese Krankmeldung. Aber dass Mantz bereits zum dritten Mal anfragen ließ, wann er sich denn endlich in sein Büro bequemte, das ärgerte ihn ungeheuer. Als hätte er nichts anderes zu tun.

Diese junge Sekretärin hatte die Geheimnisse des Abwimmelns bisher nur für die unteren Chargen gelernt, gegenüber dem Bürovorsteher von Mantz war sie machtlos. Er musste ihr ein paar Ausreden ihrer Vorgängerin beibringen.

Das geräumige Arbeitszimmer von Mantz, mit seinem langen Holztisch und den grünen Plastikstühlen daran, in der Ecke sein wuchtiger Schreibtisch, beladen mit Unterschriftenmappen und kleinen Andenken, Pfeifen und Aschenbechern, im Hintergrund die Zierpalme, von der niemand wusste, ob sie echt war. Mantz überwachte jeden Besucher, der auch nur in ihre Nähe kam.

»Wie stehen wir?« fragte er Matthies, der die Eichentür schloss. »Den Dünnpfiff ausgeschissen?«

Matthies gab ein abwägendes Bulletin heraus, viel besser, aber noch nicht völlig kuriert.

»Wer untersucht den Fall, Matthies?«

»Staatsanwalt Pfeiffer.«

»Mist«, Mantz polterte los, »das können wir nun wirklich nicht gebrauchen. Der hat noch ein Hühnchen mit uns zu rupfen.«

Matthies nickte. Staatsanwalt Pfeiffer, der die Anzeige von Lindow bearbeiten würde, war ein untypischer Vertreter seines Standes. Ein gestandener Jurist, der sich schon mehrfach mit der Polizei angelegt hatte. Hauptsächlich, weil er die Beamten für unqualifiziert und unbelehrbar hielt. Im Gerichtssaal waren Polizeizeugen seinen ungnädigen Beschimpfungen ausgesetzt, wenn sie sich nicht präzise erinnern konnten, sich widersprachen oder sogar offensichtlich logen.

»Ich schätze, der wird sich die Untersuchung nicht aus der Hand nehmen lassen, Chef.«

Matthies gebrauchte nur selten diese Anrede, aber sie schien ihm am Platze, denn Mantz konnte richtig aus der Haut fahren.

»Hat auch sein Gutes, brauchen wir keine eigene Untersuchung.«

Matthies erstaunte diese Äußerung, aber er wollte seinem Vorgesetzten nicht widersprechen.

»Jetzt sind die beiden Kollegen erst mal in sicherem Gewahrsam, dann wird man sehen. – Was können wir aus dem Artikel machen? Haben Sie sich das überlegt? Gestern waren sie ja ständig auf der Toilette, Matthies.«

»Wir müssten nachweisen, dass dieser Grünenberg ...«, stotterte Matthies.

»Das ist erwiesen. Oder glauben Sie, dass er es vom 6. Revier hat, Sie Dummkopf?«

Matthies duckte sich. Eine falsche Bewegung, und Mantz platzte los.

»Lindow hat ihm das gesteckt. Dafür wird es eine Disziplinarmaßnahme geben, die landet in der Personalakte. Aber das reicht mir nicht, Matthies.«

»Er kommt schon mal zu spät ...«

»So, er kommt zu spät. Und was soll ich damit? Ich brauche handfeste Sachen. Lindow ist imstande, zurückzuschlagen. Stimmt das? Er ist imstande, noch mehr anzurichten. Stimmt das? Was ist das für ein...«, Mantz wischte mit der Hand drei Pfeifen vom Schreibtisch, warf sich ihnen hinterher, »ein Hund, Matthies? Sie kennen ihn, ich will etwas Psychologisches!«

Der Vorgesetzte am Boden. Matthies überlegte, ob er ihm beim Aufsammeln helfen sollte.

»Ich glaube nicht, dass er weiter Stunk machen wird.«

»Aber, wenn wir ihn jetzt kitzeln, Matthies? Strengen Sie Ihren hochbezahlten Kopf an, verdammt noch mal.«

Nicht wenig außer Puste tauchte Mantz wieder auf.

»Er ist eher ein ruhiger Vertreter, Chef. Ich glaube nicht ...«

»Das sagen Sie schon zum zweiten Mal. Was passiert, wenn ... Wozu sind Sie Kriminaldirektor, wenn Sie Ihre Untergebenen nicht bis in die letzte Faser kennen?«

Es war ein Kreuzverhör. Matthies suchte nach einer passenden Antwort. Ohne Erfolg.

Mantz klopfte mit einem Pfeifenkopf, *tock*, *tock*, auf den Tisch. »Sie werden mir Mitteilung machen, was mit diesem Lindow ist. Schwachstellen, persönliche Probleme, wo man ihn packen kann. Und das Wichtigste, Matthies, ich will wissen, wie er reagiert. Eine zuverlässige Prognose über ihn. Wenn wir einen falschen Schritt tun, ihn falsch anpacken, und er aus der Reihe tanzt ... Dafür sind Sie mir verantwortlich. Glauben Sie ja nicht, ich lasse mich auf Halbheiten ein.«

Matthies kannte diesen Begriff seines Vorgesetzten. »Keine Halbheiten«, das hieß höchste Alarmstufe, Phase rot, dann war es ihm wirklich ernst. Ein Kollege vom Landesamt für Verfassungsschutz hatte das mal zu spüren bekommen, der fegte jetzt Aktenschränke.

»Bis wann?« fragte Matthies eifrig.

»Bis gestern«, Mantz zeigte auf die Tür.

»Ich wusste, dass wir uns wiedersehen«, sagte Lindow freundlich, gab Kandel die Hand und lächelte.

Während der Fahrt zum Polizeipräsidium besprachen die beiden Kommissare, wie man Kandel am besten beikommen konnte.

Viel hatten sie nicht in der Hand: Berg beschuldigte ihn, aber der war selbst ein Gauner; das Warenlager im *Fürsten*, das sprach für sich, aber nicht für einen Mord oder gar zwei. Die verschwundenen Gegenstände aus der Wohnung der Frau Merthen, nur die konnten Ansatzpunkte sein.

»Kommen Ihnen diese Dinge bekannt vor?«, begann Pinneberger, ohne Kandel dabei anzusehen.

Der hagere Mann saß auf seinen Händen.

Pinneberger reichte ihm die Kaffeelöffel, einzeln, aber Kandel griff nicht zu.

»Bitte, fassen Sie mal an. Haben Sie die schon mal in der Hand gehabt?«

Lindow wurde ganz mulmig bei dem Gedanken, dass sie noch nicht bei der Spurensicherung ausgewertet waren. Pinneberger hatte sie einfach mitgehen lassen. Für die Vernehmung Kandels. Aber er wollte ihn gewähren lassen.

Kandel räusperte sich und zog die rechte Hand unterm Oberschenkel hervor. Nahm den ersten goldenen Kaffeelöffel.

»Ich werde Folge leisten. Ich bin schon einmal zusammengeschlagen worden. Habe keine Lust, noch mal eins auf die Fresse zu kriegen.«

Den zweiten Kaffeelöffel und auch den dritten.

Pinneberger hob die beiden Silberrahmen hoch.

»Und diese hier, wie steht's damit?«

»Soll ich das jetzt alles anfassen, damit Sie nachher sagen können, meine Fingerabdrücke sind da drauf oder was?«

Lindow trat einen Schritt auf Kandel zu.

»Er hat Sie was gefragt.«

Pinneberger drückte Kandel auch den silbernen Rahmen in die Hand.

»Na, schon mal angefasst, Kandel? Muss Ihnen doch bekannt vorkommen, nicht? Die Wohnung von Frau Merthen. Da war es das erste Mal. Dann in die Tasche. Und zu Hause im *Fürsten* wieder ausgepackt und im Nebenraum verstaut. Und wieder angefasst, als Sie das Zeug an Berg verhökert haben. Ein letztes Mal angefasst und dann in bare Münze umgewandelt. Schade, dass der Autounfall das alles zutage förderte. Hätte Jahre noch so weitergehen können. Nicht?«

»Wann waren Sie in Holland?« fragte Lindow.

»Am Donnerstag bin ich hingefahren.«

»Gelogen. Sie waren erst ab Samstag im Hotel gemeldet. Bloemgracht, richtig? Ihre Spur in Amsterdam war leicht von den Kollegen zu verfolgen. Was wollten Sie denn diesmal verkaufen?«

»Wieso?«

»Der Besitzer van Onna sagt aus, dass Sie sich intensiv nach Antiquitätenläden erkundigt haben.«

Lindow profitierte von der Nachtarbeit, die Davids geleistet hatte. Die Amsterdamer Kollegen hatten blitzsaubere Arbeit geleistet.

Mit einem lauten Poltern ließ Kandel die gestohlenen Gegenstände fallen.

Niemand bückte sich.

»Herr Kandel, wir sind hier bei der Mordkommission, damit wir uns recht verstehen, die Diebstähle fallen in einen anderen Bereich. Ich hoffe, Sie begreifen das bald.«

Lindow schubste einen Löffel zur Seite.

Das fahle Licht, gemischt aus Neonröhre und weißlichem Tageslicht, ließ das hagere Gesicht Kandels zu einer Maske werden.

»Ihre Kollegen haben mich zusammengeschlagen, Herr Kommissar.«

»Das hat damit nichts zu tun.«

»Ich spüre immer noch ...«

»Herr Kandel«, Lindow merkte, wie er wütend wurde, »hören Sie auf, nach Mitleid zu betteln. Haben Sie diese Gegenstände gestohlen? Antworten Sie, aber ein bisschen plötzlich.«

Kommissar Davids stürmte ins Büro.

Ohne sich für seine Verspätung zu entschuldigen, fragte er: »Was macht der denn hier?« Zeigte unverhohlen mit dem Finger auf Lindow.

Pinneberger winkte ab. Davids machte sich daran, die auf dem Boden liegenden Beweisstücke aufzusammeln.

»Herr Kandel, wie lange sollen wir noch warten?«

Kandel stand auf.

Davids kroch zwischen seinen Beinen hindurch. Dann waren Rahmen und Löffel wieder auf dem Schreibtisch.

Pinneberger ließ Kandel in den Nebenraum bringen, die Tür leicht geöffnet.

»Wir müssen ihn wegen Mordverdacht ...«, begann Lindow mit ernster Stimme.

»Ich glaube, er hat Frau Merthen umgebracht, weil sie entdeckte, dass er die Kaffeelöffel verschwinden ließ.« Pinneberger ahmte Lindows Tonfall nach.

Davids war völlig verwirrt: »Aber ...«

Weiter kam er nicht, weil Lindow ihm ein Zeichen gab.

»Ich stelle mir das so vor: Kandel wird überrascht, Frau Merthen will schreien, er hat sich nicht in der Kontrolle, Affekt, will ihr den Mund zuhalten, sie wehrt sich, er drückt zu, emotionaler Stau, und dann ist es geschehen.«

»Moment«, Kandel war aufgesprungen und stand in der Tür, »ich habe niemanden umgebracht. Ich, ich ... Also gut, ich habe die Gegenstände bei Frau Merthen entwendet, aber das heißt doch nicht, dass ich sie umgebracht habe.«

»Das war die erste vernünftige Antwort, die Sie uns gegeben haben, Herr Kandel«, fasste Lindow zusammen. »Also, dann schildern Sie mal, wie das vor sich gegangen ist.«

Sie hofften alle drei, dass Kandel sich jetzt in Widersprüche verwickeln würde. Immerhin hatte die Falle funktioniert, und das war auch schon ein kleiner Erfolg.

Kandel gab eine Darstellung, nicht sehr ausführlich, aber jetzt konnte er sich plötzlich erinnern. Auch die Beschreibung der Frau Merthen, die er lieferte, war gar nicht so schlecht. Eine ängstliche Kundin, die immer alles ganz genau machen wollte, die jeden einzelnen Passus des Vertrages vorgelesen haben wollte, die ihn nur deswegen in ihre Wohnung gelassen hatte, weil die Nachbarin ihn telefonisch ankündigte.

Sie war sehr schüchtern. Es war kein Problem, ihr die Gegenstände zu entwenden.

»Aber ich hab sie nicht umgebracht.«

»Das sollen wir glauben, nachdem Sie so lange gelogen haben?«

Davids biss sich auf die Unterlippe.

»Frau Bünte«, setzte Lindow nach. »Was haben Sie der gestohlen?« Er wollte Kandel in Sicherheit wiegen, dass er jetzt, nachdem er etwas gestanden hatte, sich nur als Dieb verantworten musste. Diese Sicherheit konnte ihn verleiten, wieder unvorsichtiger zu werden.

»Frau Bünte? Kenne ich nicht.«

»Herr Kandel« Lindow hob seine Stimme, »im selben Haus. Ein paar Stockwerke höher. Alleinstehend.«

»Kenne ich nicht.«

Pinneberger lachte ihn aus. »Sie klingeln an jeder Tür in der Davoser Straße, in jedem Stockwerk, nur Frau Bünte, die haben Sie nicht besucht. Wir können sie Ihnen zeigen. Hier.«

Er nahm das Foto von ihrer Leiche aus dem Hefter.

»Erinnern Sie sich.«

Kandel fasste es nicht an.

»Haben Sie die Frau gesehen?«

Kandel schüttelte den Kopf.

»Nein, Herr Kommissar. Wirklich nicht. Was soll ich der gestohlen haben?«

»Machen wir Schluss für heute. Herr Kandel, Sie bleiben in Haft.« Pinneberger drückte den Summer.

Als Kandel in Begleitung zweier Polizisten den Raum verlassen hatte, sagte Davids: »Er ist es. Ganz sicher.«

Lindow war nicht weiter erstaunt, dass Davids diese Meinung vertrat. Gemeinhin galt in Polizeiermittlungen, wer einmal lügt ... Kandel hatte bereits mehrfach gelogen.

»Dann will ich Ihnen mal eine Frage stellen, Kollege Davids«, Lindow griff nach seinem Mantel, denn er beabsichtigte nicht, den Rest des Tages im Präsidium abzusitzen. »Warum hat der Mann nicht schon mehr Frauen umgebracht?«

Davids zog die Stirn kraus.

»Das ist ein kleiner Dieb. Kleine Waren. Sehen Sie sich das an. Der lässt was mitgehen. Kaffeelöffel. Ein Mörder ...«

»Aber«, Davids fuchtelte mit der rechten Hand, »Sie sehen diesen Kandel so, weil Sie ihn ...«, Davids suchte nach einem Wort, »behüten wollen.« Er sprach es mit besonderer Betonung aus.

»Ein großer Hut, namens Lindow, stülpt sich über den Bösewicht Franz Kandel. Was für ein Quatsch!«

Lindow zog den Gürtel seines Wollmantels fest um die Speckfalte in der Taille.

»Der hat was zugegeben, weil er Angst hatte. Nichts sonst. Dachte, er kann leugnen. Aber schon so ein simpler Bluff bringt ihn aus der Ruhe. Ja, ich habe gestohlen, nein, ich hab sie nicht umgebracht. Wenn er sie umgebracht hätte, dann hätte er gar nichts zugegeben.«

»Das ist Spekulation, Wolfgang«, Fritz Pinneberger legte die goldenen Kaffeelöffel auf die beiden Bilderrahmen.

»Stimmt«, gab Lindow zu.

Davids wusch sich am Spülbecken die Hände.

»Sie liegen falsch, Kollege Lindow, der wollte sich nach Holland absetzen. Irgendwas ist dazwischengekommen. Das Hotel hat er nur gewechselt, weil er untertauchen wollte. Ich habe gestern um zweiundzwanzig Uhr mit Amsterdam gesprochen. Der Hotelbesitzer sagt, dass der Kandel sehr nervös gewesen sei. Kandel wollte mit dem Geld abtauchen. So sehe ich das.«

»Kann auch sein«, Lindow nickte Pinneberger zu, »sag mal, hast du die Stahlseile ins Labor gegeben?«

Pinneberger lief rot an.

Dann begann eine hektische Suche.

Er fand sie in seiner Manteltasche.

»Das sind Beweisstücke, Fritz«, sagte Lindow empört.

»Sofort, mache ich sofort«, stotterte Pinneberger.

Davids wollte etwas sagen, aber Lindow zog die Tür hinter sich zu.

16

»Legeisen«, sagte Grünenberg, »Doktor Legeisen, ich arbeite für den Rundfunk.«

»Sie glauben doch nicht, dass wir in dieses Dings da reinsprechen.« Rapka stellte sein Bierglas ab und nahm das Mikrofon in die Hand.

Grünenberg sagte: »Sie wissen ja gar nicht, was zu Hause los ist. Alle reden über den Fall.«

»Ich weiß genau, was da los ist.« Rapkas straffes Gesicht starrte auf das silberne Gerät.

»Was denn?« fragte Kuhlebert kleinlaut.

»Nach dem Artikel in der Zeitung ...«, weiter kam Grünenberg nicht.

»Was für ein Schwein hat den geschrieben? Wenn ich den zu fassen kriege!« Rapka legte das Mikrofon unsanft auf den Kneipentisch, »Sie sind doch auch aus der Branche, oder?«

»Doktor Legeisen«, sagte Grünenberg, als könnte der Titel Wunder bewirken, »ich arbeite für den Rundfunk. Ich habe einen Kommentar gegen diesen miesen Schreiberling verfasst, der ist schon im Rundfunk gelaufen.«

»Schön«, sagte Kuhlebert.

»Nichts davon gehört.« Rapka ließ sich nicht beirren.

Es war ein ziemliches Kunststück gewesen, die beiden in eine Kneipe in der Nähe des Einsatzortes einzuladen. Der zu bewachende Bauplatz für das Atomkraftwerk lag versteckt zwischen Bäumen, auch die eingesetzten Beamten waren gut versteckt. Der Einsatzleiter hatte war äußerst misstrauisch, hatte eine ganze Batterie von Fragen, um sein Gegenüber auszukundschaften. Grünenberg rechnete damit, dass er sich höheren Orts nach einem Dr. Legeisen beim Sender erkundigte, bevor er Rapka und Kuhlebert informierte. Dann konnte sich der Journalist auf einen guten Leumund von Seiten der Polizei berufen. Nach diesem Kommentar allemal.

Wenn sich die beiden Polizisten nicht unendlich gelangweilt hätten, dann säße Grünenberg bereits wieder in seinem Volkswagen, Richtung Heimat.

»Ich möchte von Ihnen eine kurze Stellungnahme haben, wie Sie den Fall beurteilen«, Grünenberg versuchte vorsichtig, das Mikrofon wieder auf dem Ständer zu montieren. Immerhin nahm das Gerät bereits auf.

»Wozu?« fragte Rapka, »wir geben keine Stellungnahmen.«

»Aber es wäre doch wichtig für unsere Hörer, sich selbst ein Bild zu machen. Schließlich sind sie bisher nur einseitig informiert, dieser Grünenberg ...«, der Journalist machte eine Pause, um Wirkung zu erzielen, »der tut doch so, als ob Sie beide ganz üble Schläger seien.«

»Herr Doktor, das sind wir nicht«, sagte Kuhlebert, »wir hatten Auftrag, den Mann vorzuführen, und das haben wir getan. Was können wir denn dafür, wenn er sich wehrt?«

»Wie hat er sich gewehrt?« fragte Grünenberg und nippte an seinem Bierglas.

»Lass mich mal«, Rapka legte seine schwere Rechte auf den Arm von Kuhlebert, »der hat doch regelrecht um sich geschlagen. Ein Verrückter. Tobsüchtig. Tollwütiger Hund. Wir lassen uns von niemandem eins in die Fresse geben. Wir schlagen zurück.«

»Können Sie denn mal schildern, wie das gewesen ist? Warten Sie, ich schalte das Band an.« Grünenberg fummelte am Gerät, um den Eindruck zu erwecken, dass nun die Aufnahme beginnen sollte.

»Lassen Sie die Finger da weg, hier wird nichts aufgenommen.« Rapka knuffte Grünenberg in die Seite.

Sein Einwand war so laut gewesen, dass sie bereits die Aufmerksamkeit der anderen Gäste auf sich gezogen hatten. Mein Gott, dachte Grünenberg, wenn das nun alles Polizisten sind?

»Erst ist dieser Mensch weggelaufen, ich bin hinterher, hab ihn mir geschnappt ...«, Kuhlebert sprach wieder etwas leiser.

»Nix da, er hat sofort angefangen zu schlagen. Ohne was zu sagen.«

»Wen hat er geschlagen?« Grünenberg wurde es mulmig. Die Idee, die beiden Polizisten aufzusuchen, fand er großartig, aber nicht, dass er ihnen jetzt ausgeliefert war. Sie brauchten ja bloß seinen Personalausweis zu verlangen. Die ganz normale, tägliche Routine. Dann würde er im Krankenhaus aufwachen.

»Mich«, sagte Kuhlebert.

»Mich auch«, sagte Rapka, er zeigte auf seinen Brustkorb, »hier, hier hat er einen Schlag gelandet.«

»Hatten Sie Schmerzen?« fragte Grünenberg.

»So was steck ich weg, macht mir nichts aus. Aber da mussten wir ihn härter anpacken. Notwehr. Ich lass mich doch nicht verprügeln. Ich teil selber aus.«

»Was sagen Sie zu dem Artikel, der in der Zeitung stand?«

»Hetze ist das, nichts als Hetze. Der Mann, der den Artikel geschrieben hat, der wollte uns eins reinhauen. Aber das lassen wir nicht auf uns sitzen. Das können Sie ihm mitteilen, wenn Sie ihn sprechen. Sie reden doch mit dem, oder?«

Rapka nahm wieder das Mikro in die Hand.

»Nein, mit so jemand rede ich nicht mehr.« Grünenberg winkte dem Ober. »Wollen die Herren auch noch etwas trinken?«

Er bestellte drei Halbe und drei Körner.

Helga stand mit einem kleinen Köfferchen in der Wohnzimmertür.

»Ich gehe dann.«

Lindow drehte sich um.

»Wohin?«

»Zu Karin, für ein paar Tage.«

»So.«

Lindow saß im dunklen Wohnzimmer und starrte nach draußen. Langsam war es kälter geworden war. Die ersten Lichter waren angegangen. In seinem Kopf war Leere.

»Ich halte das hier nicht aus. Tschüss!«

Helga drehte sich um.

»Was hältst du nicht aus?« Die Fragen kamen automatisch, wie bei einer Vernehmung. Weiterfragen, nicht stehenbleiben, nachsetzen.

»Dich.«

»Wieso?«

»Weil du unerträglich bist. Den ganzen Tag zu Hause hocken, dumme Zettel schreiben, lauern, bis ich nach Hause komme, fragen, was es zu essen gibt, und dann wortlos hier rumsitzen. Meinst du, das kann jemand aushalten? Ich kann es nicht.«

»So.«

»So, so, so. Was soll dieses blöde ›So‹? Findest du es schick? So, so.«

»Nein, ich habe es nur so gesagt.«

Helga nahm den Schirm aus dem Ständer.

»Du weißt ja, wo du mich finden kannst. Wenn du wieder zu einem normalen Gespräch in der Lage bist ...«

»Ich bin dazu durchaus in der Lage.« Lindow saß wie festgewachsen in seinem Sessel, er hatte sich zwar nach Helga umgedreht, aber machte keine Anstalten, sich zu erheben. Die Bratkartoffeln lagen ihm im Magen, der saure Hering war gut gewesen. Leider hatte Helga nur eine Flasche Bier im Hause gehabt.

»Du hast einen Fehler gemacht, daran kaust du herum, schon seit dem Wochenende. Meinst du, ich merke das nicht? Einen Fehler. Aber du kannst nicht zugeben, dass du einen Fehler gemacht hast. Das kann ein Kriminalhauptkommissar nicht. Da muss das Gesicht gewahrt bleiben. Wenn ich mit dir reden will, lenkst du ab. Darüber redet man nicht mit seiner Frau. Das macht der Mann mit sich selbst aus. Gut. Kannst du whaben. Karin hat noch eine Liege, da werde ich mich hinhauen, bis wir wieder ...«

»Helga«, sagte Lindow, »ich habe keinen Fehler gemacht. Du willst mir das einreden. Die Anzeige war nötig, die musste ich machen. Du hast den Artikel in der Zeitung doch auch gut gefunden, oder?«

»Den hast du ja nicht geschrieben. Du, du sitzt hier in der Wohnung, lässt dich bedienen wie ein Pascha, kriegst den Mund nicht auf. Ich gehe.«

Sie öffnete die Haustüre.

Lindow stemmte sich im Sessel hoch.

»Ich kann dir sagen ...«

Die metallene Tür schlug zu.

Lindow ließ sich wieder zurücksacken.

»Köhler ist tot.«

Davids schniefte, er hatte seinen dritten Winterschnupfen. »Gerade kam der Anruf aus dem Krankenhaus.«

Pinneberger zuckte zusammen. »Und?«

»Was, und?«

»Wer hat ihn umgebracht?«

»Gerade kam ein Anruf: Köhler ist tot. Das ist alles, was ich weiß.«

»Du hast keine Nachfrage gehabt, Joe?«

»Soll ich mich um jeden Toten kümmern?« Davids war an diesem Morgen pünktlich gewesen. Gleich bei Dienstbeginn hatte er dem völlig übermüdeten Pinneberger mitgeteilt, dass sie sich Kandel noch mal zur Brust nehmen sollten. Ohne Lindow. Hatte ihn überfallen mit einem neuen Plan, wie Kandel überführt werden konnte. Aber Pinneberger war zu müde, hatte abgewinkt und ihn auf später vertröstet.

»Wir fahren hin«, sagte Pinneberger.

Der alte BMW sprang wieder nicht an.

»Wir können mit meinem fahren.« Davids war an diesem Morgen nicht zu bremsen. Dann war es schon besser, er kam zu spät.

»Willste Spesen kassieren?« Pinneberger startete zum dritten Mal.

Sie fuhren über den Ostertorsteinweg, vorbei an Kunsthalle und Theater, dem kulturellen Anfang einer lebenden Straße, die in ihrer Mitte, der Sielwallkreuzung, den Namen wechselte und ab dann *Vor dem Steintor* hieß, Bars wie die *Rote Spinne* und den Puff in der Helenenstraße beherbergte, die Kunst und die Liebeskunst, um dann zu einer »Tante Emma«-Straße zu werden. Die leiblichen Genüsse.

Pinneberger sagte: »Ich glaube, wir haben einen Fehler gemacht.«

Auf der Straße die Morgenkundschaft: die einen holten frische Brötchen, die anderen zogen am Reißverschluss ihrer Hose. »Wie kommst du jetzt darauf?«

»Abwarten.«

Der Anblick Köhlers in der grauweißen Toilette des St. Jürgen-Krankenhauses war scheußlich.

Er hatte sich aufgehängt.

Pinneberger ärgerte seine Fehleinschätzung.

Also hatte Köhler doch noch Kraft gehabt.

Der geschäftige Oberarzt sagte, sie hätten seinen Tod festgestellt und dann die Polizei abgewartet, sie hätten ja nichts mehr machen können.

Pinneberger erkannte den schnöseligen Fachmann gleich wieder. Dachte an die Lektion, die er ihm erteilt hatte.

»Wir brauchen seine Fingerabdrücke, Joe. Veranlasse das bitte.«

Davids suchte sich ein Telefon.

Der Oberarzt kratzte sich an der Oberlippe.

»Hat er noch was gesagt? Haben Sie Hinweise – ich meine, die Schwestern, es muss sich doch jemand um ihn ...« Pinneberger kam ins Stocken, dieser Mann machte ihn nervös.

»Müssen Sie rumfragen.«

»Wer hat ihn als letzter lebend gesehen?«

»Schwester Gabi vom Nachtdienst, sein letzter Wunsch war ein Glas Wasser. Gegen vier Uhr, am Morgen.«

»Kann ich die Schwester sprechen?«

»Sie schläft. Nachtdienst.«

Pinneberger überlegte einen kurzen Moment, ob er darauf bestehen sollte, dass sie geweckt werde. Aber er war selbst so müde von seinem nächtlichen Treiben, dass er sich für eine spätere Vernehmung entschied.

»Was sind das für Leute, die unter Psychosen leiden, Herr Doktor?«

Der Oberarzt sah ihn lange an.

Pinneberger hielt seinem Blick stand.

Hinter der Tür hing immer noch Köhler.

»Schwere Depressionen können verschiedene Ursachen haben, zum Beispiel eine zu geringe Produktion von Serotonin ...«

»Nein, ich meine nicht im medizinischen Sinne. Kann der Mann unter schwerem Schock gestanden haben, zum Beispiel dem Schock, dem ein gestörter Mensch nach einem Mord ausgesetzt ist?«

»Ich kann Ihnen die Frage nicht beantworten. Dazu wissen wir zu wenig über den Patienten. Die wenigen Sätze, die er überhaupt gesagt hat, reichen da nicht. Sie haben ihn ja selbst gesehen, aus dem war nicht viel herauszukriegen.«

Ein Essenswagen wurde über den Flur geschoben.

Davids kam zurück und sagte, die Spurensicherung würde anrücken.

»Der Patient ist am Freitag eingeliefert worden, wir wissen von Ihrem Kollegen Lindow seinen Namen. Wir haben nicht mal eine korrekte Aufnahme mit ihm machen können. Unsere Diagnose lautete auf Psychose. Wir haben ihn ruhiggestellt. Ich dachte, in den nächsten Tagen würde es besser mit ihm werden.«

Also hat der Oberarzt auch Gefühle, dachte Pinneberger, dieser Selbstmord macht ihm zu schaffen.

»Soll ich das Personal befragen?« sagte Davids zurückhaltend.

»Das machen wir zusammen«, antwortete Pinneberger, der wusste, wie Davids sich bei diesen Einvernahmen anstellte.

»Angehörige?« fragte er den Oberarzt.

»Das müssen Sie besser wissen als ich. Hier, bei uns, hat sich niemand gemeldet.«

Pinneberger drehte sich im Kreis, ihm fiel nicht mal mehr eine Frage ein.

Der Oberarzt entschuldigte sich, er müsse sich um andere Patienten kümmern. Sie gaben sich die Hand.

»Ist natürlich ein dicker Hund, wenn sich einer im Krankenhaus aufknüpft, ohne dass die das merken!« Davids hatte diese Bemerkung unterdrückt, bis sie allein waren. Pinneberger öffnete vorsichtig die Tür zur Toilette. Das kleine Fenster war zerschlagen.

Kalte Luft strömte herein.

Der Ledergürtel saß fest am Hals.

Das Gesicht grau.

Im Gegenlicht.

»Wann kommen die denn endlich!« fluchte Davids.

17

Schon um halb acht war Lindow in der Skatkneipe eingetroffen, was den Besitzer zu der Bemerkung verleitete, er habe sich ja wohl viel vorgenommen. Mit den ersten Bieren war das Gespräch auf die Abstiegsmisere von Werder gekommen, der Verein dümpelte im unteren Drittel der Tabelle, da zahlten die Zuschauer nur noch aus Sympathie. Es kamen auch immer weniger.

Rolf, der ewige Student, der sich mit Bier- und Schnapsverkauf seinen Unterhalt verdiente und die Kneipe zu einem Treffpunkt für Alteingesessene hatte werden lassen, veranstaltete jedes Jahr ein Skatturnier mit wertvollen Preisen. Fette Enten und polnische Gänse lagen dann auf der Theke, für Stammgäste waren die Getränke frei.

Lindow hatte sich das Kartenblatt geholt, den Block bereitgelegt. Gegen acht wurde die Kneipe etwas belebter. Die einen sahen Tagesschau im Fernseher, der über dem Tresen in bedenklicher Schräglage hing, die anderen steckten Geld in den Spielautomaten. Die Gemütlichkeit eines deutschen Feierabends. Gelegentlich überlegte Lindow, was die einzelnen Gäste, die er schon seit Jahren kannte, ohne je mit ihnen ein Wort gesprochen zu haben, wohl vor dem Feierabend machten. Wäre ein schönes Ratespiel, dachte er.

Nachdem Helga gestern zu ihrer Tochter gezogen war, war Rolf der erste, der ein Wort an ihn richtete. Nicht mal übel, so eine Redepause.

Das Holzgestühl und die blankgewienerten Tische, die verräucherten Gardinen, die Bilder vom letzten Skatturnier, die Kneipe als Wohnzimmer außer Haus. Auch diejenigen, die nicht regelmäßig Skat spielten, fanden immer wieder hierher.

Um Viertel nach acht rechnete Lindow aus, was seine Skatpartner an Strafe zu zahlen hätten. Überhaupt könnte er eine Revision der gemeinsamen Barschaft vornehmen. Der Raubritter saß darauf wie ein Geier. Außer dem gemeinsamen jährlichen Ausflug durfte nicht ein Pfennig für Sonderausgaben entnommen werden. Nicht mal für eine Glückwunschkarte. Ritter hatte das Abrechnungsbuch zu Hause in seinem Tresor, trug penibel jeden Eingang nach und klebte die Ausrechnung dazu. Doppelte Buchführung nannte er das. Lindow hatte die Revision. »Immer, wenn du es verlangst«, sagte der Kollege vom Raubdezernat, »die Kass isch immer revisionsbereit, gell.«

Rolf brachte ein Bier und sah vorwurfsvoll auf die Uhr: »Da muss was passiert sein, so viel hat sich noch nie jemand verspätet.«

Lindow stand auf, ging zum Tresen.

Rolf stellte den Zähler für das Telefon auf null.

Bei Pinneberger meldete sich niemand. Die private Nummer von Ritter musste der Hauptkommissar sich aus dem Telefonbuch suchen. Die Dienstnummer hatte er natürlich im Kopf. Es gab eine Menge Ritters in der Stadt, aber zum Glück fiel Lindow ein, wo er wohnte.

»Noi, des hend i net vergesse, aber ...«, der Raubritter stockte.

»Warum lässt du mich dann hier warten?« Lindow war ungeduldig. Der heilige Donnerstagtermin, es gab keine Entschuldigung, in all den Jahren hatte keiner gefehlt. »I hend mer denkt, dass heut koi Skat isch, letschs Mol is au scho ausgefalle.«

»Keine Lust?« fragte Lindow, der spürte, wie unangenehm Ritter dieses Telefongespräch war.

»I find's besser, wenn mir net spiele, solang ...«

»Du meinst, wegen meiner Sache, ja? Ist das der Grund? Komm, zier dich nicht.«

Rolf sah vom Zapfhahn herüber, aber Lindow dachte nicht daran, sein privates Gespräch auch privat zu führen.

»Noi, net direkt, gell.«

Lindow legte auf.

Feigling, kann doch sagen, was er denkt.

Rolf drückte Lindow einen Schnaps in die Hand. »Für den Rückweg.«

Er trug den Schnaps durch die ganze Kneipe.

Homann anzurufen, verspürte er keine Lust, weil er sich vorstellen konnte, dass die beiden sich abgesprochen hatten. Am liebsten hätte er das Schnapsglas durch die Scheibe geworfen. Wenn doch wenigstens Pinneberger erschienen wäre…

Kurz nach neun verließ Lindow seine Skatkneipe.

»Das kann dich aber deinen Job kosten, Marianne.«

»Na und?«

Wie fast jede Nacht saß Pinneberger an der gepolsterten Theke der *Roten Spinne*. Das gedämpfte Licht, die drei Kerzen und der immerfort surrende Eisschrank gaben der Bar das Flair einer Wartehalle. Die Erotik, die hier bezahlt werden sollte, mussten die Gäste schon selbst mitbringen. Marianne hatte es abgelehnt, als ihr Chef sie fragte, ob sie manchmal auch oben ohne bedienen würde.

An diesem Abend war kein Gast erschienen, nicht um elf, nicht um Mitternacht und auch nicht um eins. Marianne entschloss sich, den Laden dicht zu machen. »War Fußball heute Abend«, erklärte sie sich die ausbleibende Kundschaft.

Sie fuhren in dem alten BMW in Pinnebergers Wohnung.

»Scheiße«, sagte Pinneberger, als er die Tür aufschloss, »hab Skat vergessen. Wie viel Uhr ist es?«

»Kurz nach eins«, gähnte Marianne, die sich darauf freute, ein paar Stunden länger schlafen zu können.

»Zu spät.«

Pinneberger wurde ganz aufgeregt. Den Skattermin zu vergessen war schlimmer, als eine Spur zu übersehen. In Gedanken formulierte er ein Entschuldigungsschreiben, die kranke Großmutter, ganz dringend, zu beschäftigt, darüber sogar das Anrufen vergessen.

Zu spät die Nummer von der Kneipe herausgefunden, keiner der Skatbrüder mehr anwesend. In dreifacher Ausfertigung. Das würde seine erste Amtshandlung morgen im Dienst sein.

Er ließ sich nicht davon abbringen, Rolf anzurufen und so zu tun, als sei er gerade von einer wichtigen Verpflichtung gekommen. »Ja, Lindow hat lange hier gewartet. War nicht gut auf euch zu sprechen.« Rolf hatte seinen Anruf erhalten, das war wichtig für das Alibi.

»Warum lügst du so unverschämt?« fragte Marianne, die bereits ihre Kleider ausgezogen hatte und sich in Richtung Bett bewegte.

»Das ist Männersache.«

»Klar«, erwiderte sie und zog sich die vornehme Seidenbettwäsche über den Kopf.

»Warte«, rief Pinneberger, der seinerseits hastig die Hose abstreifte, »so kommst du nicht in mein Bett.«

»Oh, entschuldigen Sie, Mylord. Mir war heute nicht nach Duschen.«

»Darauf muss ich bestehen«, sagte Pinneberger, nackt bis auf eine Socke am linken Fuß.

Widerwillig kroch Marianne aus dem Bett.

Die Dusche, wie konnte sie das nur vergessen. Diese Bettwäsche erfordert erst eine Dusche, hatte Pinneberger ihr eingeschärft, sonst verliert sie schnell ihren Glanz.

»Soll ich dich einseifen?« fragte Pinneberger.

Marianne griff nach seinem Glied.

»Wenn es dir Spaß macht«, sagte sie und setzte ihre Aktivität fort.

»So hatte ich das aber nicht gemeint«, Pinneberger spürte, wie sich sein Penis aufrichtete, er hielt das dicke Stück Seife in der Hand.

»Aber ich«, Marianne kitzelte ihn mit der linken Hand, dass ihm die Seife entfiel, zog ihn näher an sich.

Pinneberger spürte ihre Brust.

Wenn ich doch nur früher angerufen hätte, dachte er.

Das Duschwasser war angenehm warm.

Pinneberger hob Marianne ein wenig an und vereinigte seine Männlichkeit mit ihrer Weiblichkeit.

Lindow bügelte seinen Schlips. Ängstlich, besorgt, das Bügeleisen nicht zu heiß werden zu lassen, hielt er es die ganze Zeit in der Hand und fuhr nur kurz über das blaue Prachtstück.

Draußen war es noch dunkel, aber Lindow konnte nicht mehr schlafen. Schon um fünf hatte er die ersten Nachrichten gehört, war dann aber wieder eingenickt. Der Anzug hing ausgebürstet am Kleiderschrank, das Hemd hatte Helga schon auf Falte gebracht, die Schuhe waren poliert. Nur der Schlips warf noch Falten. Wenn er ihn auf der Vorderseite bügelte, war die Rückseite krumpelig, wenn er sie ...

Das Telefon klingelte. Lindow setzte das Bügeleisen vorsichtig ab. Das wird Helga sein, die fragt, wie ich zurechtkomme.

Es war Grünenberg.

»Was ist so dringend, dass du um diese Zeit anrufst?«

»Ich habe mit Kuhlebert und Rapka gesprochen ...«

»Wo?«

»In Eystrup, beim Einsatz, wir waren in einer Kneipe.«

Lindow glaubte ihm kein Wort. Um diese Zeit anzurufen, das sah nach einem Überraschungsangriff aus.

»Sie waren sicher sehr freundlich zu dir, oder?«

»Das ist meine Sache, Wolfgang. Aber jetzt habe ich sie in der Hand.«

»Wunderbar, dann halt sie fest.«

»Sie haben eine wilde Räuberpistole von sich gegeben, wie sie Kandel verhaftet haben ...«

»Das war keine Verhaftung«, verbesserte Lindow ihn.

»Also, wie sie sich ihn geschnappt haben. Sie schäumen vor Wut über meinen Artikel ...«

»Haben aber freundlich mit dir gesprochen, oder?«

»Wart doch erst mal ab.«

»Ich warte.«

»Ich habe alles auf Band, sie widersprechen sich, verheddern sich, mir ist inzwischen klar, dass sie einfach ihre Wut an Kandel ausgelassen haben. Der hat ihnen nicht gepasst. Mich haben sie auch über den Tisch angetatscht. Ich kann dir die blauen Flecke zeigen.«

»Was?«

»Wir haben in der Kneipe gesessen, ich habe gefragt und sie geantwortet. Dann hat der dicke Rapka entdeckt, dass das Tonband mitlief, was er nicht wusste, und dann ... Ich hatte Glück, dass die anderen Gäste mir geholfen haben, ihn zu beruhigen – sonst könnte ich jetzt meine Rippen einzeln zusammensuchen. Kuhlebert hat nur einmal zugelangt.«

Lindow zog tief Luft ein.

»Ich werde die Geschichte morgen in der Zeitung haben, dann bist du aus dem Gröbsten raus, denke ich.«

»Bist du denn bescheuert?« platzte Lindow los. »Weißt du nicht, was dein letzter Artikel für mich gebracht hat? Die setzen mir zu, stellen mich kalt, was weiß ich denn, und du schreibst seelenruhig Artikel ...«

»Wolfgang, Sie haben mich verhauen, mich, verstehst du, das ist jetzt meine Sache ...«

»Und ich darf sie ausbaden. Schönen Dank. – Wenn du noch einmal mit mir an einem Tisch sitzen willst, dann bitte ich dich, halt dich zurück. Keine Zeile, Klaus. Bitte.«

»Wer sollte mich daran hindern ...«

»Ich muss jetzt in den Dienst. Ich hatte dich um was gebeten. Vergiss das nicht.«

Lindow legte den Hörer auf.

Das Bügeleisen glühte, es gab Brandflecken auf dem Schlips.

Lindow warf ihn in den Papierkorb.

Den ganzen Morgen verbrachte Lindow in seinem Büro. Er roch die Akten. Nicht mal ein Kreuzworträtsel hatte er angefangen. Er bat um einen Termin bei Matthies, die junge Sekretärin notierte. Mehr war nicht geschehen. Er saß da und starrte die Wand an. Grünenberg ging ihm nicht aus dem Kopf. Diese beiden Schläger, die würden ihre Quittung schon noch bekommen. Helga ging ihm nicht aus dem Kopf. Er wollte ihr einen Brief schreiben, wollte versuchen, ihr zu erklären, wieso er »einen Punkt gesetzt hatte«, wie Pinneberger es ausdrückte. Die Skatrunde beschäftigte ihn. Er hätte nicht gedacht, dass Ritter so ein Feigling war. Vielleicht sollte ich Homann mal anklingeln. Er drehte sich im Kreis.

Irgendjemand hatte die Blumen gegossen, in den Tagen seiner Abwesenheit.

Lindow stand am Fenster. Sah auf die Wallanlagen, die lange Schlange der Autos, die stadteinwärts fuhren. Er hasste diesen Gestank. Wie schön wäre es, wenn der Park direkt vor dem Präsidium anfinge.

Ohne anzuklopfen betrat Matthies den Raum.

»Herr Lindow, wenn Sie mir bitte folgen würden.«

»Ja.«

Er erschrak erneut über diese formale Anrede.

In gebührendem Abstand gingen sie hintereinander her. Lindow konnte die kleine Speckfalte sehen, die sich oberhalb des Jackenkragens wölbte. Er wird auch älter, der Kriminaldirektor, der immer auf seine gute Form Wert legte und sein schlankes Äußeres.

Der lange Gang, vorbei an den Büros der Kollegen, vorbei an Toiletten und Warteräumen, nur wenig Betrieb an diesem Freitagmorgen. Lindow erinnerte sich an seine Schulzeit, wenn der Hausmeister einen zum Arrest abholte, dann musste man auch immer ein paar Schritte hinter ihm bleiben. Matthies ging zügig.

Auch als sie an die Steintreppe kamen, verminderte er seine Geschwindigkeit nicht. Offensichtlich vermied er ein Zusammentreffen im Aufzug. So musste er Lindow nicht nahekommen, ihn nicht ansehen.

Die beiden Stockwerke bis zu Mantz Büro schafften sie in Rekordzeit. Lindow war außer Puste.

Er sah die Ausbeulungen an seiner Anzughose und die Schweißflecken.

Dann mussten sie warten. Pinneberger schloss die Akten in den Mordfällen Merthen und Bünte. Das Ergebnis war vorläufig, aber er sah keine Möglichkeit, zu einem anderen Schluss zu kommen. Das Labor hatte entschieden. Die Stahlseile, die Lindow bei Köhler von der Wand genommen hatte, entsprachen in Material und Beschaffenheit denen, die für die beiden Taten verwendet wurden. Bei genauer Durchsicht der Fingerabdrücke fanden sich in beiden Wohnungen auch die Abdrücke von Köhler. Kommissar Davids bestand darauf, dass in dem abschließenden Bericht zumindest erwähnt wurde, dass er das Ganze für eine Serie von Zufällen hielt. Pinneberger ließ das nicht gelten. Er wollte Matthies noch vor dem Feierabend das Ergebnis vortragen.

Fritz Pinneberger hoffte auf einen zufriedenen Lindow, denn immerhin war ihm diese Spur zu verdanken.

18

Ich weiß, dass meine dienstlichen Beurteilungen voller Anerkennungen sind. Fast nie wurde ich mit einer mittelmäßigen Zensur bedacht.

Ich weiß heute, dass sich das Urteil meiner Vorgesetzten geändert hat, jetzt steht dort etwas von Übereifer und unbeherrschtem Auftreten.

Es gab sogar ein Flugblatt, auf dem stand, dass ich den »Betriebsfrieden stören« würde.

Gegen mich laufen rund ein Dutzend Strafanzeigen, wegen Begünstigung im Amt, Nichteinhaltung der Dienstzeiten, ja sogar Zechprellerei und Diebstahl in einem Fall. Das sind Kollegen gewesen.

Mich hat das so fertiggemacht, dass ich fast sechs Wochen krankmachen musste. Erst waren es Schwindelanfälle, dann ein heftiger Kreislaufkollaps, ich habe zehn Kilo verloren.

Einige Kollegen haben dennoch nicht aufgehört, mich an den Pranger zu stellen. Es gab einen offenen Brief, in dem es hieß, ich sei für die Kriminalpolizei nicht tragbar, weil ich Interna ans Tageslicht gebracht hätte. Das schade dem Ansehen der gesamten Polizei.

Vielleicht habe ich mich zu weit vorgewagt. Auf jeden Fall habe ich gegen ein ehernes Gesetz verstoßen, das da lautet: Bei Fehlverhalten von Kollegen wird gemauert.

Ich habe ein Disziplinarverfahren bekommen, weil ich über eine Dienstleitung ein privates Gespräch mit meiner Frau geführt habe. Wir leben in Scheidung. Ein Kollege hat mir gesagt, dass einigen Leuten Vergünstigungen versprochen wurden, wenn sie Belastendes gegen mich vorbringen könnten. Ein Untersuchungshäftling hat von dem Angebot eines Kripokollegen *gesprochen: »Wenn du etwas gegen Lindow aussagst, lassen wir fünfe gerade sein.«*

Ich habe lange überlegt zu kündigen und die Polizei aus eigenen Stücken zu verlassen. Das wäre vielleicht die beste Lösung gewesen, von heute aus betrachtet. Aber was hätte ich machen sollen? Über eine Million Arbeitslose, da wollte ich mich nicht einreihen. Was kann ein Kriminalbeamter schon außerhalb der Polizei anfangen? Eine private Detektei aufmachen, die gibt es wie Sand am Meer. Außerdem bin ich dafür nicht sportlich genug.

Ich hatte damals meine Gründe, nicht selbst zu kündigen.

19

Zwei Wochen dauerte der Sommer, dann wurde es merklich kühler. Die Stadt war voller Plakate, Politiker lächelten von Bäumen und Laternenpfählen, ein Skandälchen beschäftigte die Presse, die heiße Phase des Wahlkampfes fand unter Regenschirmen statt.

Wolfgang Lindow hatte sich eingearbeitet. Seit seiner Versetzung ins Wirtschaftsdezernat vor acht Monaten war er mit Aktenstudium und Dienst nach Vorschrift ausgelastet. Steuerdelikte, Warenfälschung, Preistreiberei, Wechsel- und Scheckbetrug, Kreditschwindel, Subventionserschleichung, Devisenvergehen und Korruption hießen seine neuen Hausaufgaben. Die Delikte waren durchaus vielfältig, das Motiv für diese Vergehen jedoch immer das gleiche. In einem Buch von Edwin H. Sutherland fand er eine Definition, die er abtippte und als Motto auf seinen Schreibtisch stellte: »Das *White-Collar*-Crime ist ein Verbrechen, begangen von einer geachteten Persönlichkeit, von gesellschaftlichem Rang, im Zusammenhang mit der beruflichen Tätigkeit, es handelt sich gewöhnlich um eine Vertrauensverletzung.«

Sein Büro war modern eingerichtet, selbst die Aktenschränke ließen sich problemlos öffnen. Die indirekte Deckenbeleuchtung machte es fast wohnlich. Zwei exotische Grünpflanzen standen neben dem Fenster, dessen Blick auf das Gerichtsgebäude zeigte. Die Kollegen in diesem Kommissariat behandelten Lindow mit Vorsicht und Distanz. Sein Ruf war ihnen bekannt, er brauchte sich nicht mal vorzustellen. Jeder Fall, den er angehen wollte, musste mit Matthies abgesprochen werden. Aber Lindow übernahm keine Fälle, nicht zuletzt, weil er kein Verlangen spürte, mit dem Kriminaldirektor zu verhandeln. Die Fälle, die er in den letzten Monaten studierte, waren so trocken, so ohne jeden Reiz für ihn, dass er seine Pension zu ersitzen gedachte. Auch wenn das noch mehr als zehn Jahre dauern sollte.

Die Versetzung hatte ihn getroffen, er war verletzt, angekratzt. Er wusste, dass Mantz darauf bestanden und Matthies ihn nur halbherzig in Schutz genommen hatte. Der Radfahrer in der Chefrolle. Solange der jemanden über sich spürte, wurde gebuckelt.

»Die Sicherheit ist Sache aller Bürger, meine Damen und Herren. Jeder Einzelne ist aufgefordert, seinen Beitrag für die allgemeine Sicherheit zu leisten. Wir von der Polizei sind Spezialisten in Sachen Sicherheit, aber was wären Spezialisten, frage ich Sie, wenn sie nicht von ihrer Umgebung unterstützt würden. Sicherheit für alle beginnt dort, wo jeder sein eigenes Haus beschützt, sich jeder im Straßenverkehr nach den Regeln verhält, jeder ein Auge auf mögliche Straftaten des Nachbarn wirft, jeder Meldung macht, der etwas Verdächtiges beobachtet. Nur so kann Sicherheit garantiert werden. Es ist uns gelungen, mit Geiselnehmern und Flugzeugentführern fertig zu werden, unsere Überwachungstechnik macht große Fortschritte, aber, und das möchte ich zum Schluss betonen, nur der Dialog zwischen Öffentlichkeit und Polizei schafft Verständnis, ergibt ein positives Klima für die innere Sicherheit.« Matthies klappte seinen Hefter zu.

Der Beifall der Anwesenden, ausnahmslos Kommissare, war ihm gewiss.

Lindow saß in der vorletzten Reihe und wunderte sich, dass Matthies an diesem Montag die Besprechung nutzte, um eine Rede des Innensenators zu wiederholen, die dieser auf einer Wahlkampfveranstaltung am Wochenende gehalten hatte.

Pinneberger flüsterte ihm zu: »Die größten Redner geben immer noch die dümmsten Sprüche.«

Lindow lächelte.

Matthies hatte Farbe bekommen, sein Sommerurlaub war ihm ins Gesicht gepinselt, offensichtlich trainierte er auch sein Gewicht in den Ferien herunter.

»Ich möchte Sie gerne sprechen, Herr Lindow.« Das sagte er sehr kühl, aber nicht befehlend.

Lindow trottete hinter ihm her. Er dachte über die Rede nach. Natürlich waren die leitenden Funktionäre der Polizei im Wahlkampf Partei, dafür hatten sie diese Funktion erhalten, natürlich nutzten sie die Möglichkeiten, um Stimmen zu werben, wo sie nur konnten, aber dass der Kriminaldirektor so wörtlich seinen obersten Dienstherrn wiederholte, das erstaunte ihn.

»Herr Lindow, ich will keine langen Vorgespräche hier, sondern mich direkt einem Punkt zuwenden, der uns allen am Herzen liegt. Am Mittwoch findet ja der Prozess gegen die beiden Streifenbeamten statt, und Sie werden als Zeuge vernommen werden. Die Anklage des Staatsanwaltes wiegt schwer, das wissen Sie selbst. Die Konsequenzen für die beiden Kollegen sind nicht abzusehen.«

Matthies zog einen schmalen Ordner aus einem Stapel.

Lindow räusperte sich, sah keine Veranlassung, das Wort zu ergreifen. Soll er doch sagen, was er von mir will.

»Ich habe hier eine Aussage von Ihnen, die Sie gegenüber dem Staatsanwalt abgegeben haben, die uns gar nicht zusagt. Da ist die Rede von Misshandlung und sinnloser Anwendung von körperlicher Gewalt. Ist das nicht übertrieben?«

»Nein.« Lindow lehnte sich gegen den Aktenschrank, der gleich neben der Tür stand.

»Aber so krass muss man es doch nicht formulieren, Kollege Lindow. Wenn Ihnen mal die Hand ausrutscht, meine ich, dann nennen Sie das auch nicht gleich Körperverletzung.«

»Den beiden war nicht nur die Hand ausgerutscht.«

»Sie sind jetzt so lange bei der Truppe, ich meine, ein bisschen mehr Realitätssinn könnten wir doch von Ihnen verlangen. Der Kandel sitzt, der hat keine Anzeige erstattet, er ist ein Verbrecher, vielleicht hat er sogar die Frau Merthen ...«

»Ich denke, dass Sie sich irren, wenn Sie aus der Tatsache, dass Kandel für seine Raubdelikte bestraft wurde, schließen wollen, dass die Polizisten ein Recht hatten, so zu handeln.«

Lindow spürte die Anspannung. Er wollte nicht laut werden, wollte nicht seine Wut zeigen, versuchte, seine Gedanken langsam zu formulieren, seine Worte als Hindernisse zu benutzen.

»Wir haben überlegt, ob Sie in der jetzigen Position richtig eingesetzt sind, Herr Kollege ...«

Matthies wechselte das Thema.

»Ich fühle mich ganz wohl, neue Aufgaben, neue ...« Auch Lindow beendete seinen Satz nicht.

»Aber Sie würden doch wieder gerne bei der Mordkommission arbeiten?«

»Lieber heute als morgen.«

Matthies verzog seinen Mund.

»Meine Unterstützung dazu haben Sie, das brauche ich Ihnen nicht zu sagen. Vielleicht gelingt es uns, die Versetzung rückgängig zu machen. Aber dazu brauche ich auch Ihre Bereitschaft, Herr Kollege.«

»Das heißt, ich soll meine Aussage ändern? Wir können ja beide genügend Deutsch.«

»Wer hat etwas von ändern gesagt? In den richtigen Rahmen setzen, abwägen, überlegt beurteilen, würde ich das nennen. Nicht mit der Brechstange losschlagen.«

»Ich verstehe.«

Matthies, der die ganze Zeit wie ein Feldherr hinter seinem Schreibtisch gestanden hatte, setzte sich.

Es war seine zweite, wesentlich deutlichere Ansprache, die er an diesem Morgen hielt.

Als Lindow wieder in seinem Büro war, hatte er einen Entschluss gefasst. Für ihn war das Angebot von Matthies nicht akzeptabel, aber er wollte im Gerichtssaal nicht als Racheengel oder Rechthaber auftreten, sondern dem Gericht den Versuch einer Erklärung liefern, warum die beiden Streifenpolizisten so aggressiv gewesen waren, warum sie hingelangt hatten. Vielleicht war das ein Kompromiss, wie Matthies ihn vorschlug, aber Lindows Entscheidung stand fest. Er nahm die Zeitung aus der Tasche und begann, den Spielbericht vom Wochenende zu studieren. Werder hatte in Braunschweig verloren. Die Saison begann, wie die letzte aufhörte, nach nur fünf Spieltagen lag seine Mannschaft bereits wieder auf dem 14. Tabellenplatz.

Der Mann, der zwei Stunden später Lindow gegenübersaß, war ein Sitzzwerg im mittleren Alter. Sein silbergraues Haar war nach hinten gekämmt, eine feine Brille mit Goldrand und ein feiner Zwirn aus englischem Tweed. Solche Rotweinnasen, wie sie in dieser Stadt nicht selten waren, bekam Lindow kaum bei der Mordkommission zu Gesicht.

»Ich hoffe, ich bin hier an der richtigen Adresse.« Der näselnde Ton gefiel Lindow gar nicht.

»Das kommt darauf an, wo Sie geklingelt haben, Herr ...«

»Sandborg, Dr. Friedrich Sandborg.«

»Herr Doktor«, vollendete Lindow seinen Satz. »Was kann ich für Sie tun?«

»Es geht um eine Bestechung, ja, so könnte man es nennen, oder auch um die Bezahlung einer Dienstleistung, das wäre ein anderer Begriff, oder um Schwarzgeld, das wäre auch nicht falsch.«

Sandborg zog ein rosafarbenes Taschentuch aus der Jacke und schnäuzte sich lautlos die Nase. Wie wenig Geräusche das in diesen Kreisen machen konnte.

»Entschuldigen Sie«, Sandborg nickte leicht mit dem Kopf. »Ich habe jemandem Schwarzgeld bezahlt.«

»Das sollten Sie mir nicht sagen, Herr Doktor, je nachdem, wer es ist, muss ich das verfolgen ...«

»Deswegen bin ich hier.«

Der Name kam Lindow bekannt vor, aber er konnte ihn nicht zuordnen. In seinem Gedächtnis vermischten sich verschiedene Eindrücke und Erinnerungen. Sandborg. Er hatte den Namen bereits gedruckt gesehen, aber in welchem Zusammenhang, das fiel ihm nicht ein.

»Ich bezichtige mich, dass ich Schwarzgeld gezahlt habe und zwar an den Leiter des Stadtplanungsamtes. Ich will Ihnen auch die Höhe der Summe nennen, damit Sie im Bilde sind, es waren fünfzigtausend Mark. Er hat dieses Geld von mir vor rund neunzehn Monaten in bar erhalten. Es gibt darüber keinen Beleg, sonst würde ich nicht hier sitzen.«

»Was haben Sie für dieses Geld bekommen?«

Lindow notierte die Summe auf dem Rand eines Aktendeckels. Fünfzigtausend Mark, dafür musste er zwei Jahre arbeiten.

»Ich habe einen Hinweis von Dr. Füller erhalten, wo in Tenever eine Schule gebaut werden soll. Ich habe das Land rechtmäßig erworben, zu einem, sagen wir, günstigen Preis. Ich wollte es der Stadt verkaufen, zu einem anständigen Preis. Die Baudeputation hat positiv entschieden, die Bürgerschaft nicht. Der Bau der Schule wird in diesen Tagen auf einem anderen Gelände begonnen. Als Gegenleistung ...«

»Ich verstehe«, sagte Lindow, der wusste, was Sandborg sagen wollte, was der Gegenstand der Transaktion war, hatte er auch begriffen, nur, wie genau der Ablauf war, das konnte er sich nicht vorstellen.

»Das müssen Sie so sehen: Das Stadtplanungsamt weiß, welche Grundstücke zu welchem Zweck genutzt werden können und sollen, dort weiß man, was Bauerwartungsland wird, wo ein Freizeitpark entsteht, welche Flächen erschlossen werden. Dieses Wissen lässt sich in Geld ummünzen.

Ich will nicht sagen, dass Dr. Füller das in mehreren Fällen angewandt hat, aber in meinem Fall ...«

Lindow stutzte.

»Sie wissen, dass Bestechung strafbar ist?«

»Das ist mir bewusst.«

Lindow sah den Sitzzwerg an. Er saß ungerührt auf dem Stuhl, verzog keine Miene, das rosa Taschentuch hielt er in seiner rechten, gepflegten Hand.

»Ich weiß nicht, welches Strafmaß für Bestechung angewandt wird, aber Sie müssen mit einer Bestrafung rechnen.«

»Auch das ist mir bewusst.«

»Gut, dann nehmen wir ein Protokoll auf.«

Lindow zog die Schreibmaschine seinen Laptop an sich, lüftete die staubige Hülle und sah, was für ein vorsintflutliches Modell man ihm zugeteilt hatte. Bisher war er nicht in die Verlegenheit gekommen, es zu benutzen.

Immer seltener gelang es Wolfgang Lindow, mit seinem früheren Kollegen Pinneberger Essen zu gehen. Manchmal wartete er eine ganze Stunde, um ihn abzupassen. Diesmal hatte sich der Kollege von der Mordkommission selbst gemeldet.

Sie saßen in der *Pfanne* und bewältigten Schnitzel mit Rosenkohl.

Lindow berichtete ihm von Sandborg und dieser komischen Selbstbezichtigung, ihm war nicht ganz klar, wie er in der Angelegenheit vorgehen sollte. Pinneberger verwies ihn auf einen befreundeten Makler, nannte ihm Adresse und Telefonnummer aus dem Kopf. »Der hat mir mal eine Wohnung angedreht, aber so raffiniert, dass ich ihn deswegen bewundere.«

Immerhin wusste Pinneberger, dass Doktor Sandborg eine private Baugesellschaft betrieb, die samstags in der Zeitung neue Objekte anpries.

»Wolfgang, ich würde mich gerne noch mit dir über den Prozess unterhalten.«

»So.« Lindow stocherte mit einem spitzen Hölzchen zwischen seinen Zähnen.

»Du wirst dir sicher überlegt haben, was du sagen wirst, aber ich habe mir gedacht ...«

»Fritz, ich kann dich beruhigen. Ich werde mich nicht in den Zeugenstand stellen und Posaune spielen. Das kann ich dir versprechen.«

»Du weißt, wie ich drüber denke. Ich will dir nichts einreden ...«

»Ausreden, meinst du.«

»Gut, ausreden. Die sollen ruhig einen Denkzettel bekommen, aber schieß sie nicht ab.«

Lindow überlegte, ob er Pinneberger von dem Angebot des Kriminaldirektors erzählen sollte. Immerhin hatte Matthies ein wichtiges Wort mitzureden, wenn es zu einer Rückversetzung kam. Aber er wollte die vorsichtige, freundschaftliche Anfrage nicht in die Nähe der Besänftigungsstrategie ihres Chefs rücken.

»Was macht Marianne?« fragte Lindow. Manchmal spielten sie donnerstags zusammen Skat.

»Sie kocht. Gestern habe ich zum ersten Mal Muscheln gegessen, immer in Monaten mit r, muss man sich merken. Schmeckten nicht schlecht, nur ein bisschen eklig.«

Als sie vor der Tür standen und den Schirm aufspannten, um die wenigen Schritte zum Präsidium zu laufen, sagte Pinneberger, dass er schon mehrfach von Kollegen angemacht worden sei, wieso er Lindow immer noch die Stange halte.

»Versteh das bitte nicht falsch, Wolfgang. Du weißt, dass die mich nicht treffen können, aber so ist es.«

Lindow stoppte.

»Hältst du es aus?«

»Das macht mir nichts aus. Aber diese ewigen Sticheleien.

Na, hat der Querkopf wieder polemisiert? Wann kommt er denn endlich zur Vernunft?«

»Sippenhaft«, sagte Lindow unvermittelt.

»Wir sind doch nicht verheiratet«, Pinneberger setzte sich wieder in Marsch, »ich muss rennen, Mord im Bürgerpark, die Pflicht ... Du kannst den Schirm mitnehmen.«

Die Hand über den Kopf haltend, sprang Pinneberger davon. Lindow fragte sich, ob man sie vom Präsidium aus erspähen konnte. Vielleicht hatte Pinneberger nicht mit ihm gesehen werden wollen.

20

»Ach, der Pinne schickt Sie, wunderbar, Sie können alles von mir haben. Wenn ich noch an die Polizei glaube, dann nur, weil der Pinne da ist. Wenn ich das gewusst hätte, wie nett der ist, dann hätte ich ihm nicht die Wohnung direkt am Bahndamm angedreht, aber er hat ja jetzt was Schönes am Ostertor.«

Der quirlige Mann, dessen Name in kleinen Buchstaben an der Bürotür stand, war Makler, es gab bei ihm Wohnungen in allen Größen, zu mieten und zu verkaufen, am liebsten ganze Siedlungen. *Karl Botterer, Immobilien*. Das Büro, in dem Lindow Platz genommen hatte, war nicht größer als zehn Quadratmeter. Bester Kontakt zum Kunden. Botterer sprach laut, aufgeregt, sprudelte ganze Satzberge hervor.

»Sandborg, Herr Doktor Sandborg, ein Löwe, ein unangenehmer Löwe, der überall dort auf Raubzug geht, wo andere bereits das Handtuch geworfen haben. Dem würde ich nicht mal die Spitze eines Fingers hinhalten. Wenn der seinen Fuß auf ein Stück Land setzt, dann fällt da ein Schatten. Meistens kriegt er, was er will.«

Lindow berichtete, dass Sandborg offenbar das Grundstück für eine Schule erworben hatte und nun darauf sitzen blieb.

»Ach, in Tenever. So, ist der Herr bereits im Weichbild angelangt. Die Schule will er unterstützen, wunderbar. Die Stadt soll zahlen, wie immer. Sandborg nimmt mit vollen Händen, das ist jemand, den könnten Sie und ich nicht wegtragen, wenn er sein Vermögen bei sich hat. Sandborg, das garantiert für eine saubere Landung. Er investiert nur, wenn mindestens dreißig Prozent drin sind.«

Lindow dachte, der muss so reden, Kollegenneid, der Kleine in der Branche gegen den Großen. Er legte sich Zurückhaltung auf, wollte auf gar keinen Fall von der Schwarzgeld-Aktion berichten, deren sich der Baulöwe bezichtigte.

Botterer nahm ein Stück Papier, benutzte die Rückseite und begann in gestochen scharfen Zahlen eine Rechnung.

»Also, wir gehen von zwanzigtausend Quadratmetern aus, soviel müssen Sie für die Schule haben, vielleicht ein bisschen viel, gut, aber damit rechnen wir. Preis, sagen wir, 50 Mark, wunderbar, das ist nicht mehr der Preis für doofe Bauern und auch nicht der Preis für schlaue Geldschneider. Macht rund eine Million Nettokaufpreis. Sie sagen, vor zwei Jahren, das braucht Zinsen, sieben Komma fünf, also das sind noch mal hundertfünfzigtausend, sieben Prozent Grunderwerbssteuer, sind siebzigtausend, wunderbar, sagen wir zehntausend für Notar und Gebühren, macht, summa summarum, eine Million, zweihundertdreißigtausend hat ihn das gekostet. Er will das Land an die Stadt verkaufen, für, gehen wir nur mal vom Doppelten aus, hundert Mark den Quadratmeter, das bringt ihm zwei Millionen. Sehen Sie, da bleiben in zwei Jahren ein paar Mark im Strumpf, Herr Kommissar.«

Lindow fragte wie viel, Botterer hatte die Zahl schon parat.

»Rund siebenhundertfünfzigtausend. Aber jetzt sitzt er ja drauf. Sandborg hat was in den Sand gesetzt, das ist die beste Nachricht an einem Wochenbeginn, die ich seit langem höre. Sandborg bleibt aber nie lange auf so was sitzen. Der nicht. Zwanzigtausend Quadratmeter, wunderbar, könnte man mindestens vierzig Wohneinheiten hochziehen, vielleicht macht er es auch selber.«

Lindow wartete auf die nächste Frage, aber Botterer variierte immer noch sein Lieblingsthema. Dreiviertel Million in zwei Jahren, dachte Lindow, da kann man schon mal fünfzigtausend Mark Vorschuss zahlen. Diese Rechnung ging auf.

Dass der Leiter des Stadtplanungsamtes in der Regierungspartei war, begann den Kommissar jetzt zu interessieren.

»Ich glaube, der findet einen Dummen, das ist ja das Kunststück in der Branche, einen Dummen zu finden, der zahlt. Wenn man sich wirklich was auf die Seite schaffen will, ist dies das einzige Rezept. Sandborg hat es nicht erfunden, aber er verschreibt es jeden Tag, jede Stunde. Wenn die Stadt nicht so dumm ist, dann sind es andere. Es muss nur so aussehen, als rentiere es sich. Ein paar Prozent höhere Verzinsung als auf der Bank, und schon werden die Nasen länger. Sagen wir, da kommt einer, der nimmt es ihm für fünfundsiebzig Mark ab, macht er immer noch einen Gewinn von mehr als dreihunderttausend, wunderbar. Es geht nichts über Spekulation. Besser als Roulette, auf jeden Fall. – Sagen Sie, Herr Kommissar, warum will der Pinne das denn wissen? Hat Sandborg seine Großmutter über die Klinge springen lassen?«

Lindow grinste.

Der Prozess begann pünktlich.

Rapka hatte seinen Sonntagsanzug ausgepackt, der am Bauch ein wenig spannte, Kuhlebert trug einen weißen Rollkragenpullover unter dunkelblauem Jackett. Die beiden sahen nicht aus wie Angeklagte, denen ein schwerer Tag bevorsteht, sondern wie zwei Chorknaben, die sich auf das Konzert freuen, für das sie solange geprobt hatten.

Die Zuschauerbänke waren bis auf den letzten Platz gefüllt. Der Gerichtsdiener hatte erst die Besucher mit Einlasskarten Platz nehmen lassen, danach war kein Stuhl mehr frei. So war es für die beiden Angeklagten eine nichtöffentliche Gerichtsverhandlung geworden, denn Einlasskarten wurden nur an Polizeibeamte ausgegeben, die jetzt in Zivil auf die Vorstellung warteten. Grünenberg war es gelungen, seinem Kollegen Mammen für diesen Tag die Rolle des Gerichtsreporters abzuluchsen.

Staatsanwalt Pfeiffer erhob Anklage.

Körperverletzung.

Die beiden Chorknaben ließ die laut verlesene Anklage ohne Reaktion. Kuhlebert kaute weiter Kaugummi.

Der Richter fragte, ob die Angeklagten bereit seien, eine Erklärung abzugeben.

Rapka erhob sich.

»Treten Sie vor«, sagte der Richter.

Er gab ein Solo: Der arme Beamte, der sich Schläge und Prügel gefallen lassen muss, der sich erst wehrt, als er bereits mehrfach hat einstecken müssen. Der böse Herr Kandel, der ein übler Schurke sei und sich der Vorführung entziehen wollte. Wie in einer Operette ließ Rapka die handelnden Personen auftreten, am Ende siegte die gute Staatsgewalt über den bösen Verbrecher.

Kuhlebert nannte Namen und Dienstgrad, Adresse und Telefonnummer, zur Überprüfung der Personalien, um sich zu vergewissern, dass er auch tatsächlich anwesend war.

Dann schloss er sich den Ausführungen des Vorredners an. Voll inhaltlich.

Einen Moment lang zögerte der Richter.

Staatsanwalt Pfeiffer erhob Einspruch, schließlich müsse auch Kuhlebert den Hergang schildern.

Der Richter gab dem Hinweis statt.

Es folgte die zweite Arie, mit dem einzigen Unterschied, dass die jüngere Stimme ein etwas schnelleres Tempo vorlegte, sonst unterschied sie sich in Text und Aussage nicht vom ersten Solo.

Auch der Vorgang vor der Pension *Zum Fürsten* wurde zu einer getreuen Reprise.

Die Zuschauer verhielten sich ruhig.

Der Richter bat den Zeugen Lindow herein.

Die übliche Personalienfeststellung.

Staatsanwalt Pfeiffer wollte genau wissen, in welchem Kommissariat Wolfgang Lindow jetzt arbeitete.

Er notierte sich die Antwort.

Lindow schilderte zunächst den Tag, an dem der Zeuge Kandel ihm ins Büro gebracht wurde. Er begann die minutiöse Beschreibung eines verletzten Mannes, der nicht mehr in der Lage war, eine Aussage zu machen. Er warf die Frage auf, ob die Behandlung des Zeugen Kandel durch die beiden Angeklagten nicht sogar die Ermittlungen wesentlich beeinträchtigt hatte.

Erste Unruhe unter den Zuschauern.

Kandel sei nicht vernehmungsfähig gewesen. Es könne doch nicht die Aufgabe der Polizei sein, eine Vernehmung zu behindern.

Der Richter nickte.

Lindow wollte es bei dieser Darstellung nicht belassen und zum eigentlichen Teil seiner Ausführungen kommen: Warum verhalten sich Streifenbeamte auf diese Weise? Was macht sie aggressiv? Warum schlagen sie zu? Er sprach von Überlastung, von ständigen Überstunden, von zermürbendem Schichtdienst, von Arbeitsbedingungen, die in der freien Wirtschaft nicht in Kauf genommen werden müssten. Er sprach von Ordnungsvorstellungen, vom Umgang mit Gesetzesübertretern ...

Der Richter unterbrach ihn, er sei nicht als Sachverständiger geladen, sondern habe Auskunft über den Zustand des Herrn Kandel zu geben.

Lindow ließ sich nicht beirren, pochte darauf, diese Erklärung abzugeben.

Die Zuhörer wurden lauter.

Die beiden Chorknaben sahen Beifall heischend zu ihren Kollegen auf den billigen Plätzen.

Lindow konnte noch sagen, dass er seine Anzeige gegen die Streifenpolizisten geschrieben habe, weil die tägliche Gewalt bei der Polizei verharmlost werde.

Tumult im Saal.

Der Richter entzog ihm das Wort.

Staatsanwalt Pfeiffer schüttelte den Kopf.

Unter lautem Gekeife, Pfiffen und Buhrufen verließ Lindow den Gerichtssaal.

Er hatte die Wut gespürt, die ihm entgegenschlug, wie eine Welle, die den Schwimmer überraschend von den Beinen reißt. Direkt, unerbittlich. Er stand auf der falschen Seite, der eigentliche Angeklagte hieß für die Zuhörer Lindow. Er hatte kein Gehör für seine Ausführungen gefunden, sondern nur Ablehnung. Kein Einsehen.

Lindow stand auf dem Gang.

Mit Mühe gelang es ihm, eine Zigarette anzuzünden.

Im Gerichtssaal war es wieder ruhig geworden.

Er setzte sich auf die hölzerne Wartebank.

Erschöpft.

Noch bevor er das Präsidium erreicht hätte, würde Matthies über seinen Auftritt informiert sein. Die mögliche Rückversetzung zur Mordkommission konnte er sich aus dem Kopf schlagen.

Jeder Satz, den er gesagt hatte, sprach gegen ihn. Und Matthies würde es Satz für Satz erfahren, und Satz für Satz Mantz berichten.

Er saß auf der Bank, unruhig, bekam ein beklemmendes Gefühl im Magen, aufgeregt, sein Puls ging schneller. Die Angst vor einem neuerlichen Schwindelanfall.

Verschwommen sah er, wie Kandel in Handschellen in den Gerichtssaal geführt wurde.

Lindow hatte nur noch einen Gedanken: abhauen.

»Du hast dich großartig geschlagen«, sagte Grünenberg am Telefon, »wirklich. Ich glaube, Pfeiffer hat das imponiert. Genau seine Linie. Er hat acht Monate gefordert wegen Körperverletzung im Amt. Vorsätzlich, versteht sich.

Ich glaube, du hast ganze Arbeit geleistet. Daran wird der Polizeipräsident zu knacken haben. Die Sache kommt ins Rollen. Ich hätte nicht gedacht, dass die derart angefasst reagieren.«

»So.«

Lindow saß auf seinem Bürostuhl, kraftlos. Kaum in der Lage, seinem Gesprächspartner etwas zu entgegnen.

»Auf jeden Fall wirst du morgen eine gute Presse haben. Von mir persönlich. Nicht auf verschlungenen Wegen, sondern in einem öffentlichen Gerichtssaal habe ich diese Informationen bekommen. Damit kann dir keiner ein Bein stellen, Wolfgang.«

»Ja.«

Die ganze Zeit, die seit dem Verlassen des Gerichtsgebäudes vergangen war, kam ihm wie ausradiert vor. Die Bilder vom Tumult im Gerichtssaal.

»Ich habe dem Chef schon angekündigt, dass es diesmal ein paar Zeilen mehr werden. Und ein Kommentar dazu. Typisch, dass die Fritzen vom Sender wieder mal nicht auf Zack waren. Aber wir haben ja die Geschichte.«

»Sonst noch was?« fragte Lindow verhalten.

»Du klingst nicht gerade wie ein Sieger?« Grünenberg begann ihn zu stören.

»Habe ich denn eine Schlacht gewonnen?«

Lindow legte den Hörer auf.

Er war nicht in der Lage, mit jemandem zu reden, der über den Vorfall im Gericht jubilierte. Dabei wollte er Grünenberg keinen Vorwurf machen, immerhin war der seiner Bitte, den Artikel über die Streifenpolizisten und seine eigenen Erfahrungen mit deren Schlagkraft nicht zu schreiben, gefolgt. Vielleicht war es falsch, dass er den Journalisten darum gebeten hatte.

Lange her. Er versuchte sich daran zu erinnern, dass man ihn in der Zwischenzeit auf diesen modernen Bürostuhl versetzt hatte.

Pinneberger trat ein.

»Na wie war's?« fragte er, »hast du Ehre für uns eingelegt?«

Lindow war den Tränen nah.

»Schlimm«, sagte er. Fast unhörbar.

Das Donnerwetter von Matthies ließ nicht lange auf sich warten. »Was glauben Sie eigentlich, wer Sie sind? Was glauben Sie, was unsere Aufgaben sind? Ich dachte immer, ich habe es mit einem intelligenten Mitarbeiter zu tun, der weiß, wozu er diesen Beruf ergriffen hat. Ich muss sagen, ich habe mich geirrt. Schwer geirrt. Wie kommen Sie dazu, eine solche Schau abzuziehen? Das Telefon stand nicht still, den ganzen Nachmittag, einer nach dem anderen. Beschwerden, Proteste. Der überhebliche Hauptkommissar, der nicht nur die eigenen Leute beschuldigt, nein, der die ganze Bereitschaftspolizei mit Dreck bewirft, der sich nicht zu schade ist, mal kurz den Kübel auszukippen, damit auch alle etwas abbekommen. Sie glauben also, alle Polizisten sind aggressiv? Das ist mir neu, ich wusste gar nicht, dass Sie solchen Unsinn im Kopf haben. Konnte mir nicht vorstellen, dass jemand, mit dem man so lange zusammengearbeitet hat, derart aus der Rolle fällt. Sie müssen natürlich noch weitergehen. Keine Ruhe geben, neue Unruhe schaffen. Der Hauptkommissar als Weltverbesserer. Meinen Sie wirklich, Sie hätten damit unserer Sache einen Dienst erwiesen? Glauben Sie das im Ernst? Jetzt soll die Diskussion losgehen. Titel: Die brutale Polizei. Hauptkommissar Lindow klagt an. Wollen Sie das? Wir werden das zu verhindern wissen. Das kann ich Ihnen schriftlich geben.«

Lindow hörte sich Matthies aufgeregtes Gebrüll an. Ermattet. Kaum Kraft zu reagieren.

Das Telefonat mit Botterer passte ihm gar nicht, aber der Mann mit dem großen Vokabular ließ sich nicht abschütteln.

»Dieser Sandborg, das sage ich Ihnen, sollten Sie den mal in den Fingern haben, dann müssen Sie schnell zupacken. Der ist schneller als ein Fisch, glatter als ein Aal. Ich habe noch mal über die Sache nachgedacht: Sandborg hat einen Tipp bekommen, bestimmt, ich weiß auch, von wem. Wollen Sie es wissen?«

Lindow konnte sich vorstellen, dass Botterer inzwischen mit Pinneberger gesprochen hatte, um sich Hintergrundinformationen zu besorgen. Pinneberger würde ihm zumindest erzählt haben, dass Sandborg eine Mitteilung an die Kripo gemacht hat. Lindow wollte es wissen.

»Da gibt es seit langem eine Achse. Füller-Sandborg heißt die. Die beiden stecken zusammen. Füller gibt die Tipps, Sandborg reagiert. Wenn Sie mich fragen, wer ihm die dicken Fische zuschanzt: Es ist Füller, Stadtplanungsamt. Müssten Sie eigentlich schon von gehört haben. Ich schätze, dass Füller seinem Kumpanen gesagt hat: Da wird die Schule in Tenever gebaut, da musst du zuschlagen, stimmt's?«

Nun kamen die Fragen, die Lindow bereits vor zwei Tagen erwartet hatte. Aber er ließ sich nicht überrumpeln, verwies auf die Schweigepflicht, dass er noch bei den Ermittlungen sei und deswegen nichts herausgeben dürfe. Außerdem wolle er von ihm nur eine Darstellung der Verhältnisse aus dem Bausektor, schließlich könne die Kripo nicht überall Fachwissen ansammeln.

»Sehen Sie, der Sandborg ist ein Hai, wunderbar, der schwimmt in allen Gewässern gleich gut, aber der Füller tut so, als hätte er persönlich die weiße Weste. Die Lahmen und die Lauen, die werden es nicht bauen, sagt der Dichter. Füller, das ist die Partei, der hat schon manchem zum Eigenheim verholfen. Dabei gibt es da einiges über ihn zu erzählen. Ich nenne nur mal Stichworte: Frauen, Autos, Auslandsbesitz, Sie können sich aussuchen, wo Sie anfangen wollen.«

Lindow dachte parallel; während Botterer sich über die Achse Sandborg-Füller ausließ, überlegte er, warum ihm dies alles mitgeteilt wurde. Auch Botterer hatte schließlich eigene Interessen. Ein Feldzug gegen den Leiter des Stadtplanungsamtes, der immer nur einige wenige Freunde bevorzugte, könnte Botterers Motiv sein.

»Wenn Sie schon so viel wissen, Herr Botterer«, unterbrach Lindow den Redeschwall, »dann sagen Sie mir doch mal, warum Sandborg zur Kripo kommt und sich selbst in die Pfanne haut?«

Mit einem Mal war der Gesprächspartner still.

Lindow wiederholte die Frage, fügte hinzu, dass Pinneberger ihm doch bestimmt diese verrückte Geschichte erzählt hatte.

»Der will Sie benutzen.«

»Wie denn? Indem er sich eine Strafe zuzieht? Das ist mehr als unwahrscheinlich.«

»Auf jeden Fall geht es ihm nicht um die Summe, die er schwarz rübergeschoben hat. Die zahlt der aus der Portokasse. Der will mit Ihnen drohen, wenn Sie mich fragen.«

»Ich frage Sie ja.«

»Füller soll unter Strom gesetzt werden. Die Blöden und die Blinden, die werden es nicht finden!«

Ganz gleich, welche Interessen Botterer verfolgte mit diesem Anruf, seine Erklärung schien Lindow plausibel. Er bedankte sich für den Hinweis.

»Fangen Sie ihn ein, den Hai.«

»Ich werd's versuchen.«

Das war genau das Richtige, mitten hinein in einen Fall, recherchieren, nachfragen, sich um nichts anderes kümmern, Matthies und Mantz einfach reden lassen, die Kampagne, die gegen ihn lief, überhören, nicht zur Kenntnis nehmen, übersehen, sollten sich doch alle auf ihn einschießen.

Er wollte arbeiten.

Sich nicht irre machen lassen.

Dr. Füller würde nicht schlecht staunen, wenn Lindow um einen Termin bei ihm bat.

Der Hauptkommissar als Weltverbesserer, hatte Matthies gesagt. Das konnte er haben.

21

PRÜGELKNABEN DER NATION
Kommentar von Klaus Grünenberg
Nun ist es also amtlich: Polizisten schlagen drauf. Das Urteil ist noch nicht gesprochen, aber an dieser Tatsache lässt sich nicht mehr deuteln. Was bisher unter dem Mantel der Verschwiegenheit (und da ist unsere Polizei mit einem besonders weiten Mantel ausgestattet) und unter dem Teppich der Sauberkeit blieb, beschäftigt die Gemüter in dieser Stadt. Sehen wir uns diese Polizisten genauer an: Sie fahren Streife, sie müssen beobachten, wo jemand Unrechtes tut, sie müssen einschreiten, sie müssen sich auseinandersetzen mit Gaunern, Halunken, Gewalttätern. Keine leichte Arbeit für jedermann. Sie sind konfrontiert mit Angreifern, Schlägern, Verbrechern, die nicht lange fackeln, wenn es um Prügel geht. Wer meldet sich freiwillig bei einem solchen Kommando? Sie gehen um mit Betrunkenen, Pennern, Außenseitern, die ihnen in den Streifenwagen kotzen, sie anrempeln und wüst beschimpfen. Wer mag denn täglich solchen Umgang? Es ist unsere Sicherheit, die auf dem Spiel steht, unsere tägliche Unversehrtheit, für die Polizisten sich prügeln, schlagen und auch mal verletzen lassen. Wir müssen uns bei ihnen bedanken, dass sie sich zum Prügelknaben der Nation machen. Für uns.

Grünenberg las den Kommentar nicht nur einmal. In seinem Kopf gewitterte es.

Der Lokalchef.

Grünenberg knüllte die Zeitung zusammen, jetzt interessierte ihn auch nicht mehr der Artikel, neben dem dieser Kommentar stand. Er griff zum Telefon auf dem Küchentisch, mitten in seinem obligatorischen Frühstück:

zwei Tassen Kaffee und zwei Aspirin. Er erreichte den Lokalchef zu Hause.

»Ich möchte mich bedanken dafür, dass Sie nur die zweite Hälfte meines Kommentars umgeschrieben haben. Das ist eine ausgemachte Sauerei.«

»Von welchem Kommentar reden Sie, Grünenberg?«

»Das ist doch die Höhe, Sie wissen genau, von welchem Kommentar ich rede. Die Überschrift haben Sie mir gelassen und dann mittendrin eine Kehrtwende vollführt, die jedem klugen Leser aufgehen wird. Ich sage Ihnen eins, das lasse ich nicht mit mir machen.«

»Lassen Sie Luft ab, Grünenberg. Ich habe damit nichts zu tun.«

»Das werde ich Ihnen beweisen.«

»Bitte sehr.«

Der Lokalchef hatte den Hörer aufgelegt.

Eine halbe Stunde später war Grünenberg in der Technik des Verlagshauses. Der Setzer, der gestern Abend seinen Text eingegeben hatte, war noch nicht erschienen. Aber Grünenberg wusste, wo die abgesetzten Manuskripte lagen. Er fand den Stapel im Büro des Meisters.

Was er nicht fand, war der Text für seinen Kommentar. Dreimal durchsuchte er sämtliche Vorlagen für diese Ausgabe.

Er ließ sich die Telefonnummer des Setzers geben.

»Peter, entschuldige, dass ich dich wecke, aber ich muss wissen, wer in meinem Kommentar rumgepfuscht hat. Was hast du gesetzt?«

»Ich setze nur, was ich bekommen habe. Meinst du, ich formuliere an den Texten herum? Da könnte ich gleich den Hut nehmen.«

»Wo ist die Vorlage?«

»Die liegt bei den anderen, wie immer.«

Grünenberg entschuldigte sich nochmals, dass er den Nachtschichtler aus dem Schlaf geholt hatte.

In seinem Büro war der Durchschlag seines eigenen Kommentars. Daran hatte der Lokalchef nicht gedacht.

Er vergewisserte sich auf dem Dienstplan, dass der Herr Ressortleiter am Abend auch wirklich Dienst hatte.

Er fuhr mit dem Fahrstuhl in den zehnten Stock des Verlagshauses.

»Der Chef ist noch nicht da«, sagte die Sekretärin.

»Ich warte.« Grünenberg nahm im Vorzimmer Platz. Er hörte, dass der Verlagsleiter telefonierte. Also war er doch schon da. Grünenberg ging an der Sekretärin vorbei, die nur einen schwachen Versuch machte, ihn zurückzuhalten.

Der Verlagsleiter hielt die Sprechmuschel des Telefons zu.

»Ich habe jetzt keine Zeit für Sie.«

Grünenberg ließ sich nicht abwimmeln. »Ich muss Sie dringend sprechen. Hier, das ist mein Kommentar. Lesen Sie in der Zeitung, was daraus geworden ist.«

Er nahm das Exemplar der druckfrischen Ausgabe und schlug die Seite auf.

»Lesen Sie! Bitte!«

»Ich telefoniere.«

Grünenberg holte den Durchschlag seines Kommentars hervor und las ihn dem Verlagsleiter vor: »Ich habe geschrieben: Keiner wird bestreiten, dass die Polizei täglich schwierige Probleme zu lösen hat, unangenehmen Situationen ausweichen muss. Aber gibt das ihnen das Recht, blindwütig zuzuschlagen, wie es in diesem Fall geschehen ist? Gibt es ihnen das Recht, unschuldige Bürger zu verprügeln, wenn sie sich angegriffen wähnen? Dürfen sie qua Amt zum Knüppel greifen, weil sie für die öffentliche Sicherheit zu sorgen haben? Wer gebietet den Prügelknaben der Nation Einhalt?« Grünenberg holte tief Luft. »Das war mein Text. Der Lokalchef hat ihn ins Gegenteil verkehrt.«

Grünenberg hatte schnell gelesen, hektisch. Von seiner Wut getrieben.

Der Verlagsleiter saß an seinem Glasschreibtisch und hielt immer noch die Sprechmuschel zu.

Schon früh verließ Lindow an diesem Morgen das Haus. In seinem Opel Kadett fuhr er nach Tenever. Die lange Reihe der Heerstraßen, die durch die verschiedenen Stadtteile bis zur Neubausiedlung führten. Hemelinger Heerstraße, Arberger Heerstraße, Mahndorfer Heerstraße, Erinnerung an großdeutsche Militärzeiten. Aufmarschgelände zur Feindereroberung.

Er parkte den Wagen in der Nähe der Davoser Straße. Die beiden letzten Mordfälle, die Pinneberger als gelöst bezeichnete, hatten sich hier zugetragen. Es war ganz einfach gewesen: Ein Selbstmordattentäter hat zwei Tote auf dem Gewissen. Aber sicher war auch Pinneberger nicht bei dieser Lösung gewesen. Matthies führte die Fälle in der Statistik auf der Habenseite.

Die Baustelle für die neue Schule war leicht zu finden. Lindow fragte sich bis zum Bauleiter durch. Der bestätigte ihm, dass erst seit kurzer Zeit dieses Gelände für den geplanten Schulneubau bestimmt war. Die Planungen hätten jedoch längst vorher eingesetzt, weil auch eine so kurzfristige Änderung des Standortes keine wesentlich neuen Schwierigkeiten für die Bebauung mit sich brächte. Immerhin habe man es nicht mit felsigem Untergrund zu tun.

Lindow bedankte sich für die Auskunft, nachdem er erfahren hatte, dass das Gelände knappe achtzehntausend Quadratmeter groß war.

Als nächsten suchte Lindow den Ortsamtsleiter auf, einen jungen Beamten, der von den Bauvorhaben sprach wie frühere Fürsten. Das alte Feuerwehrhaus sollte abgerissen werden, da wolle man ein Apartmenthaus hinstellen, die Grünanlagen würden zugunsten eines Einkaufscenters verkleinert. Lindow hörte ihm zu und wunderte sich, dass die Baugenehmigungsverfahren so kompliziert sein sollten.

Er fragte nach der Schule.

Der Ortsamtsleiter strahlte, offensichtlich sein Lieblingsprojekt. Das habe er durchgesetzt, eine wirkliche Errungenschaft für den Stadtteil. Bereitwillig zog er den Bebauungsplan hervor. Die unterschiedlich schraffierten, teils gelben, teils grünen Flächen machten auf Lindow den Eindruck eines Schülergemäldes aus der ersten Klasse. Mit großen Gesten erklärte der Ortsamtsleiter, wie er sich die Gestaltung ganzer Straßen vorstellte.

Das Baugelände, das für die Schule vorgesehen war, wurde von der Bürgerschaft nicht genehmigt, gewiss, ein seltener Fall, aber das komme vor, so ungewöhnlich sei das nicht. Die Stadt habe das neue Gelände bereits im Besitz gehabt, das könne er sich vom Liegenschaftsamt bestätigen lassen, also konnten die Kosten für die Schule um den Preis für die Erstehung eines fremden Geländes gesenkt werden. Ihm sei das politisch sehr recht gewesen.

Lindow kam behutsam auf den Leiter des Stadtplanungsamtes zu sprechen. Der Ortsamtsleiter wurde etwas zurückhaltender. Fast ehrfürchtig nannte er dessen Namen, ein politisch wichtiger Mann in der Partei, sehr einflussreich. Auch dem sei die Änderung des Schulstandortes durchaus lieb gewesen, er habe keine Einwände dagegen gehabt.

Lindow merkte, dass sein Gesprächspartner begann, sich Fragen zu stellen. Das war der Augenblick, sich zu verabschieden.

Er fuhr mit seinem Wagen stadteinwärts. Benutzte die Autobahn, um in der Vahr abzubiegen. Wie schon die vergangene Nacht, beschäftigte ihn der gestrige Prozess. Sie hatten ihn ausgepfiffen. Obwohl er sich zurückgenommen hatte. Kein Racheengel. Obwohl er sich beherrscht hatte. Keine emotionale Anklage.

Auf der Schnellstraße fuhr er genau fünfzig Stundenkilometer. Die Radarkontrollen, die hier oft durchgeführt wurden, sollten ihn nicht blitzen.

Der Verteidiger hatte natürlich auf Freispruch plädiert. Notwehr. Die Tatsache, dass Kandel eine Strafe absaß, war dabei ausschlaggebend gewesen. »Natürlich müssen Polizisten körperliche Zwangsmaßnahmen anwenden, wenn es um die Festnahme eines Gesetzesbrechers geht.« Dass die beiden Polizisten das in diesem Augenblick nicht wissen konnten, hatte der Verteidiger nicht erwähnt.

Am Bahnhof musste er zum ersten Mal anhalten. Die grüne Welle war beendet.

In Gedanken bereitete sich Lindow auf das Gespräch mit dem Leiter des Stadtplanungsamtes vor.

Er wollte ihn offen herausfordern, keine Umwege. Sollte er sich stur stellen, würde er ihm eine Untersuchung androhen.

Lindow parkte den Wagen in der Martinistraße.

Das Gebäude des Stadtplanungsamtes war ein wuchtiger Kasten aus der Gründerzeit. Klinker mit Jugendstil, der Mann mit dem Hammer und Hermes, der Götterbote, eingerahmt von halbnackten Seejungfrauen. Die Fenster in den oberen Stockwerken mit gewaltigen Bögen. Botterer hatte gesagt, das Gebäude entspreche keiner heutigen Bauvorschrift mehr. *Wägen und Wagen* stand über dem Eingang.

Lindow schob die schmiedeeiserne Tür auf und versuchte, sich auf der Hinweistafel zurechtzufinden. Der Leiter stand an oberster Stelle. Dr. Füller, mal sehen, wie er es aufnimmt. Lindow machte der Gedanke Spaß, dass gleich jemand ein wenig Gesichtsfarbe verlieren würde. »Tut mir leid, Herr Kommissar, aber der Baudirektor ist heute unabkömmlich. Wir konnten Sie leider nicht mehr rechtzeitig informieren.«

Die schmächtige Sekretärin hatte Haltung angenommen. »Sobald der Baudirektor eine Minute Zeit hat, wird er sich mit Ihnen in Verbindung setzen. Es steht bereits in seinem Kalender. Das wird aber heute nicht mehr klappen.«

Lindow hatte ein gutes Blatt. Drei Buben, zwei Asse, zwei Zehnen, er überlegte, ob er Kreuz oder Grand spielen sollte. Marianne hatte bereits gepasst. Nur Pinneberger ging mit. Als er bei sechsunddreißig angekommen war, sagte Lindow: »Ach so, Null ouvert, das verändert die Lage natürlich.« Pinneberger ging weiter. Vierzig. Dann stieg er aus.

Lindow musste den Grand spielen.

Er zog den Pik-Buben und spielte seine Asse.

Marianne gähnte: »Ist schon die dritte Oma, die du heute hast.«

»Abwarten«, sagte Pinneberger.

Lindow zog mit den Zehnen nach. Er hatte sechsundfünfzig Punkte. Jedes Mal, wenn es so knapp war, zählte er mit.

Er hielt inne. Mit welcher Farbe würde er wieder ans Spiel kommen?

»Siehst du«, warf Pinneberger ein, »jetzt kommt der Vater ins Stocken.«

Lindow spielte die beiden Buben. Er bekam von seinen Mitspielern keinen Punkt geschenkt. Bei sechzig hatte er immer noch verloren.

Pinneberger grinste: »Der Rest speist bei Tisch.«

»Das war knapp«, sagte Lindow. »Mit einem, gespielt zwei, verloren vier, macht achtzig Miese.«

»Du führst aber immer noch, Wolfgang, keine Sorge.«

Pinneberger mischte.

Sie hatten den Donnerstagabend beibehalten. Tradition verpflichtet. Nur die Besetzung und der Spielort waren geändert worden. Lindow hörte von einem Kollegen, dass die Runde in ihrer früheren Skatkneipe ebenfalls wieder komplettiert worden war. Die Abrechnung der Skatkasse, die

Ritter vorgenommen hatte, war zu einem Rechenproblem geworden. Natürlich kam eine letzte gemeinsame Reise nicht mehr in Frage, also musste ausbezahlt werden. Aber die Summe ließ sich nicht durch vier teilen. Ritter besprach dieses Problem mit Homann, der fragte bei Pinneberger an, der auch keinen Rat wusste. Ritter wollte niemanden bevorzugen, sich selbst am wenigsten.

Als Pinneberger dann Lindow das Problem vortrug, der immerhin von ihnen zum Revisor gewählt worden war, hatte dieser knurrig gesagt: »Soll er doch die drei Pfennige allein versaufen.«

Seit dem Krach spielten sie im *Eck*. Einen vierten Spieler wollten sie erst dann suchen, wenn Marianne besser eingespielt war. Ihre Skatbegabung war noch ziemlich unentwickelt. Besonders mit dem Reizen stand sie auf Kriegsfuß.

»Du bist vorne«, sagte Pinneberger.

Lindow schmunzelte. Er hatte eine Glückssträhne, auch wenn er das letzte Spiel so unglücklich verloren hatte. Jetzt war sogar noch der vierte Bube dabei und wiederum zwei Asse hoch.

»Kann es nicht ein Trick sein, Wolfgang?« Marianne sortierte ihre Karten.

»Was für ein Trick?« Lindow dachte an sein Blatt und wusste, dass das nächste Spiel bestimmt keinen Trick benötigte.

»Mit dem Sandborg, meine ich. Ich habe schon mit Fritz drüber gesprochen, aber er meint, ich spinne.«

»Beim Skat wird nicht über die Arbeit ...« Pinneberger sah Marianne strafend an.

»Wie kommst du darauf?« Lindow legte die Karten weg.

»Seit wann kommt ein Geldsack zur Polizei und sagt: Ich hab was auf dem Kerbholz? Ungewöhnlich, was? Sagt, ›ich hab jemand bestochen‹. Das kann ein Trick sein. Der Sandborg wird vorgeschickt, du schöpfst Verdacht, und beschuldigst dann einen Falschen. Nur weil Sandborg dir das gesagt hat.«

»Aber es stimmt, dass die Schule auf einem anderen Gelände gebaut wird.«

Lindow war irritiert. Brachte seine Äußerung wie ein Schüler vor, den man bei einer falschen Antwort erwischt hatte.

»Sicher, das stimmt alles. Aber stimmt es auch, dass Sandborg wirklich dem Füller die fünfzigtausend Mark rübergeschoben hat?«

»Das werde ich in Erfahrung bringen, jetzt kann ich dazu nichts sagen, ich verstehe immer noch nicht, was das für ein Trick sein soll?«

Marianne wischte sich den Schaum vom Mund, setzte das Bierglas neben den Filz. Pinneberger nahm das Glas und platzierte es auf dem Deckel, wo der Wirt es am liebsten sah.

»Also noch mal: Jemand macht mit Sandborg einen Plan, dich zu einer brisanten Nachfrage zu verleiten. Immerhin kommt dabei ein wichtiger Parteimann ins Visier. Schiebung, Skandal, und das ist im Wahlkampf niemandem recht. Füller führt eine Beschwerde über dich, und schon wieder bist du am Pranger.«

»Das finde ich abwegig, Marianne, wirklich abwegig.«

»Ganz meine Meinung«, Pinneberger klopfte auf den Tisch, mahnte zum Weiterspielen.

Lindow nahm das Blatt auf. Das würde ein Grand werden, den spielte er aus der Hand. Vielleicht kann ich noch ein Kontra rausschinden, wenn die beiden Asse wieder zusammen sind. Immerhin hatten die beiden Mitspieler damit gerade gewonnen.

»Hast du denn mit Matthies über den Fall gesprochen? Du sollst doch mit ihm ...« Pinneberger sah angestrengt in seine Karten.

»Mit dem rede ich nur noch auf Dienstanweisung.«

Zur gleichen Zeit saßen der Polizeipräsident und sein Kriminaldirektor bei einem Schoppen im Ratskeller, der bis auf den letzten Platz gefüllt war.

Die norddeutsche Weinseligkeit, die nur selten ins Schunkeln geriet, die verräucherte Atmosphäre, die schwitzenden Kellner. Große Weinfässer gaben dem Ort das Gepräge einer weltbekannten Produktionsstätte des beliebten Getränkes. Tatsächlich wurde er hier ausgeschenkt, umgeschlagen, wie es in der Kaufmannssprache hieß, in der Stadt selbst war allerdings nie ein Tropfen Wein fabriziert worden.

Die beiden Polizeichefs zogen Bilanz.

Die Affäre Lindow hatte ein gutes Ende gefunden. Der Kommentar von Grünenberg zeigte, dass die Öffentlichkeit der Polizei vertraute.

»Wie sich ein Journalist wandeln kann«, sagte Mantz, »aber die schreiben heute so und morgen wieder anders. Eigentlich haben die gar keine Meinung.«

Sie rechneten beide mit einem Freispruch für die Streifenbeamten.

Der trockene Elbling, den sie bevorzugten, nachdem ihnen der Oberkellner vor Jahren dessen Vorzüge aufgezählt hatte, belebte ihr Gespräch. Es war bereits die vierte Runde.

» Was macht Lindow auf dem neuen Posten?«

»Er tut seine Pflicht, denke ich.«

»Gut. Daran wollen wir ihn nicht hindern.«

Sie prosteten sich zu.

22

»Hauptkommissar Lindow, nehme ich an.«
Der Herr im blauen Anzug, gebräuntes Gesicht und Messerhaarschnitt, erhob sich von seinem Stuhl, beugte sich leicht vor, eine Serviette mit der linken Hand vor dem Geschlechtsteil festhaltend, und streckte die Rechte vor. Der Bückling.

Lindow grüßte knapp und nahm am Tisch Platz.

Das Restaurant *Schlett* besaß die gediegene Wohligkeit für einen geschäftlich erfolgreichen Abend. Dunkles Holz dominierte, kleine, eher symbolische Trennwände, die den Gästen Intimität garantierten, Champagnerflaschen bis zur Größe einer Nebukadnezar in der Mitte aufgereiht, das gedämpfte Licht der Vertraulichkeit, die schwarz-weiße Diskretion der zurückhaltenden Kellner. Die Speisekarte in Leder geprägt, Preise waren nicht angegeben.

»Ich habe für uns ein Chateaubriand geordert. Ich hoffe, Sie mögen auch Wein, einen 68er Villa Antinori. Wollen Sie eine Vorspeise?«

Lindow lehnte ab.

Ein kurzer Wink an den Kellner genügte.

»Ich weiß, es ist etwas ungewöhnlich, dass wir uns hier besprechen, aber Sie werden meinen Terminkalender nicht kennen, das ist das reinste Tohuwabohu.«

Lindow fühlte sich überhaupt nicht wohl, obwohl sein Gastgeber einen überaus freundlichen Eindruck machte und ihm keineswegs das Gefühl vermittelte, dass er sich an einem fremden Ort befand. Die Sekretärin hatte angefragt, ob es ihm recht sei; um zwanzig Uhr im *Schlett*, einen anderen Termin könne der Baudirektor ihm in dieser Woche nicht mehr anbieten. Genau eine Minute vor acht erschien er in der Böttcherstraße, nahm den direkten Weg zum Restaurant.

»Wie gefällt Ihnen Ihr Beruf, wenn ich mich danach erkundigen darf?« Die leise Stimme von Dr. Füller.

»Mal besser, mal schlechter. Wenn ich immer so recherchieren dürfte wie hier«, Lindow sah sich um. Die Bilder an den Wänden waren nicht zu erkennen. Eine Glastrennwand, in Holz gefasst, sorgte für eine Reihe von Separees.

»Das würde der Steuerzahler nicht so gerne sehen, denke ich, aber es bleibt ja die Ausnahme. Sie sind natürlich mein Gast heute Abend, und ich setze das nicht auf die Spesenabrechnung.«

Lindow hatte zwar erwartet, dass Ort und Termin der Verabredung auf eine Essenseinladung hinausliefen, aber ihm war unwohl bei dem Gedanken, spätestens nach dem Hauptgericht mit seiner Fragenoffensive beginnen zu müssen. Auf jeden Fall wollte er am samtigen Rotwein nur nippen.

»Die Polizei ist für mich immer ein Rätsel gewesen. Vielleicht können Sie mich da aufklären. Wie ist es möglich, dass immer dann, wenn man wirklich einen Notfall zu melden hat, zu spät polizeiliche Hilfe erscheint, während im Straßenbild immer schlendernde, gelangweilte Polizisten zu sehen sind?«

Dr. Füller legte den Kopf ein wenig schief.

»Das ist ein subjektiver Eindruck, der hat mit der Polizeiarbeit wenig zu tun. Auch wenn es so aussieht, als seien die Polizisten gelangweilt, sie sind im Dienst.«

Will er mich verunsichern, fragte sich Lindow.

»Das ist ja gerade das Verblüffende, Herr Hauptkommissar.«

»Lindow, bitte. Ich kann diesen Titel nur im Ausnahmefall ertragen.«

»Dann nennen Sie mich Füller, mir geht es ebenso.

Wenn jemand Herr Baudirektor zu mir sagt, dann weiß ich, er will etwas von mir.«

Der Kellner näherte sich langsam dem Tisch, schenkte Wein nach. Ebenso diskret entfernte er sich auch wieder. In dieser Zeit wurde das Gespräch unterbrochen.

Lindow sah auf.

Sein Blick fiel auf die Eingangstür.

Die zwei Herren, die in diesem Augenblick das Restaurant betraten, waren ihm nur allzu bekannt. Rapka und Kuhlebert speisten in dieser gehobenen Klasse? Er verwarf den Gedanken sofort. Sie sind mir gefolgt, dachte er.

Die beiden Streifenpolizisten in Zivil setzten sich ans Fenster. Lindow konnte sie beobachten. Und sie ihn.

»Schmeckt Ihnen der Wein, Herr Lindow?«

Lindow erschrak. »Ja, natürlich.« Schnell griff er nach dem Glas und nahm, wie zum Beweis, einen großen Schluck. Er ahnte, dass der Baudirektor diese hektische Geste, die in ihrem Tempo so gar nicht zu diesem Ort passte, bewerten würde.

Lindow rückte auf seinem Stuhl, nahm die Hände auf den Schoß und sagte: »Ich denke, wir sollten vor dem Essen, ich meine, es wäre besser ...«

»Aber sicher doch.«

Der Baudirektor lehnte sich zurück.

»Fragen Sie.«

Als wolle er Lindow das Wort erteilen, streckte er seine Hand vor.

Die beiden Polizisten ließen die Karte zurückgehen und bestellten Bier. Lindow sah, wie der Kellner ohne Regung die Bestellung akzeptierte. Sie mussten ihre Lautstärke für diese Umgebung mäßigen.

»Vor einigen Tagen kommt Herr Dr. Friedrich Sandborg zu mir und behauptet, er habe Ihnen vor knapp zwei Jahren fünfzigtausend Mark schwarz zugesteckt, als Gegenleistung für einen Tipp bezüglich des bereits festgelegten Baugeländes für den Schulneubau im Ortsteil Tenever. Den Bauplatz hat er daraufhin erworben.«

Dr. Füller nahm seine Serviette und lachte hinein. Dabei sah er Lindow unentwegt an.

»Entschuldigen Sie bitte, aber das ist zu komisch. Noch mal, bitte.«

Lindow wiederholte seine Worte.

»Das kann ich mir nicht vorstellen.« Der Baudirektor kicherte wie ein kleiner Junge. Wenigstens zeigt er eine Reaktion, dachte Lindow, wenn auch nicht gerade eine hilfreiche.

Der Kellner schob einen Wagen neben ihren Tisch. Das Chateaubriand dampfte, die Beilagenplatte war reich an feinen Möhren, Brokkoli und Spargelspitzen.

Mit einem langen Messer kam der Oberkellner und zerteilte das Fleisch, portionierte äußerst gerecht die einzelnen Scheiben und das Gemüse. Der Kellner fügte eine flache Schale mit Kartoffelkroketten in Mandelhülle hinzu.

»Lassen Sie es sich schmecken, meine Herren.« Der Oberkellner machte eine leichte Verbeugung.

»Ich habe Ihre Worte nicht vergessen, Herr Lindow. Aber ich denke, wir sollten erst einmal kosten, was uns der Küchenchef kreiert hat.«

Lindow nickte.

Das Fleisch schmeckte ausgezeichnet, weich wie Marzipan. Leider war das Gemüse weichgekocht, es besaß nichts Knackiges mehr, die Kroketten, selbst die Mandeln brauchte man nicht zu kauen. Vielleicht war das ein Zugeständnis des Küchenchefs an die vielen Gebissträger unter den Gästen.

Lindow sah, wie die beiden Polizisten bereits das zweite Bier ansetzten. Er konnte sich nicht denken, dass sie zu den regelmäßigen Besuchern dieses Nobelrestaurants gehörten.

»Sehen Sie«, Füller tupfte sich mit der Serviette den Mund ab, »das Amt eines Leiters für Stadtplanung ist ja nicht gerade einfach. Man ist umlagert von Interessenten, die Politiker drängen, dass in ihrem Stadtteil als erstes begonnen wird, schließlich wollen sie wiedergewählt werden. Die

Bauindustrie jammert, sie bekomme nicht genügend Aufträge, die wollen verdienen.«

Lindow legte seine Gabel hin.

»Hinzu kommen die Interessen der Mitarbeiter. Ich muss jemanden an die Überprüfung einer Planung für ein, sagen wir, Krankenhaus setzen, der nie in seinem Leben auch nur etwas Ähnliches geplant hat. Mir fehlen Leute. Das gibt Ärger. Die Baudeputation liegt mir in den Ohren, weil bestimmte Planungen nicht rechtzeitig vorliegen. Sie können sich nicht vorstellen, was da alles ansteht. Ich habe manchmal den Eindruck, dass ich nur noch Interessen gegeneinander abwägen muss. Weil ich immer irgendwelche Interessenten berücksichtige und dafür andere vernachlässige. Verstehen Sie?«

»Kommen wir mal auf Dr. Sandborg zurück.« Lindow ärgerte sich nun doch, dass dieses Gespräch während des Essens stattfand, aber der Baudirektor hatte es so gewollt.

»Dr. Sandborg ist in der Partei. Sind Sie eigentlich auch Mitglied, Herr Lindow?«

Lindow verneinte.

»Dann muss ich Ihnen das erklären. Also, ein Parteifreund kommt zu mir und klagt, wie schlecht es seiner Firma geht, wie viel Mühe ihm die Verschiebung von Terminen macht, welche Schwierigkeiten er mit den Handwerkern hat, et cetera. Ich möchte natürlich von ihm wissen, womit ich ihm helfen kann. Schließlich kommt nie jemand zu mir, der nicht gleichzeitig auch Hilfe haben will. Herr Baudirektor hier, Herr Baudirektor da. Figaros Hochzeit, kennen Sie?«

Lindow nickte, obwohl er nicht wusste, wovon der Baudirektor sprach.

»Es ist ein ständiger Kampf der Interessen.«

Mit einem Mal begann Dr. Füller wieder zu essen. Ganz übergangslos.

»Sandborg, dazu wollten Sie noch etwas sagen.« Lindow war das wunderbare Fleisch zur Nebensache geworden. Er vertrug es nicht, wenn seine Gesprächspartner ständig auswichen.

»Ach ja. Also, der Parteifreund Sandborg möchte von mir Hinweise haben, wo gebaut wird, welche Projekte insbesondere für seine Firmengröße akzeptabel sind. Darum ging es in dem Gespräch vor einigen Jahren.«

»Also, Sie haben mit ihm über die Schule gesprochen?«

Lindow hätte gern einen Zahnstocher gehabt. In der Lücke eines Backenzahns hing ein Stück Fleisch. Die Zunge bemühte sich umsonst.

»Ich habe mit ihm über die Schule gesprochen. Gewiss. Und das war auch schon alles, das war seither mein letzter Kontakt mit ihm.«

Lindow glaubte dem Baudirektor nicht. Parteifreunde zumal, das konnte nur eine Schutzbehauptung sein.

»Was ist mit dem Geld?« fragte er.

»Mit welchem Geld?«

»Mit den besagten fünfzigtausend Mark, die Dr. Sandborg Ihnen nach seiner eigenen Aussage zukommen ließ.«

Lindow sah, wie der Baudirektor schmunzelte.

»Das sagt er. Bei mir ist nie etwas angekommen. Wie sollte ich auch so viel Geld erhalten für ein so unverbindliches Gespräch?«

»Das frage ich Sie, Herr Füller.«

Die beiden Streifenpolizisten waren aufgestanden. Erst als sie an ihrem Tisch auftauchten, nahm er sie wahr.

»Was haben Sie denn mit dem zu bereden?« Rapka lallte, schubste den Baudirektor an der Schulter.

»Nehmen Sie Ihre Finger weg«, sagte Füller in barschem Ton.

»Das ist doch eine Sau, dieser Herr will uns hinter Gitter bringen.« Rapka zog Kuhlebert an den Tisch, der bisher in einiger Entfernung gestanden hatte. »Sieh ihn dir an, das ist er. Speist wie ein feiner Pinkel.«

Rapka schlug Lindow mitten ins Gesicht, sodass der Kommissar nach hinten taumelte.

»Sind Sie denn total verrückt?« Der Baudirektor sprang von seinem Stuhl. »Rufen Sie die Polizei.« Sofort standen Kellner und Oberkellner bereit.

»Ist schon da«, rief Rapka, der mit einem zweiten Schlag Lindow aus seinem gerade wiedergewonnenen Gleichgewicht brachte.

Die Fäuste geballt, wartete er, bis Lindow sich vom Boden aufrappelte.

Der Baudirektor duckte sich.

Zuerst wurde die Tischdecke heruntergerissen, die leise Atmosphäre des gediegenen Restaurants empfindlich unterbrochen.

Lindow holte aus und traf Kuhlebert auf den Brustkorb. Der Treffer hatte Wirkung, denn der jüngere Polizist fiel rückwärts auf den Garderobenständer, der seinerseits ins Wanken geriet und dem Ehepaar am Nebentisch das Essen verdunkelte.

Rapka sah das Messer auf dem Beiwagen liegen und griff zu. Einen Moment lang zögerte Lindow, dann schrie er auf.

Kuhlebert hatte sich aus den Mänteln und Zeitungen gewickelt und stand wieder auf den Beinen, als Rapkas Messer ihm den unteren Teil des rechten Ohres absäbelte.

Der Baudirektor duckte sich.

Lindow landete einen Schlag am Kinn des überraschten Rapka, der gerade begriffen hatte, dass sein Messer den Falschen erwischt hatte.

Kuhlebert fasste sich vergeblich ans Ohrläppchen und donnerte mit der linken Faust einen zweiten Haken hinterher. Rapka krachte gegen die Holztrennwand und fiel mit ihr um. Das Messer flog in hohem Bogen durch das Lokal und blieb in einem Blumentopf stecken.

Rapka erhob sich, blutüberströmt, das Augenlid war aufgeplatzt. »Das wird ein Nachspiel haben.« Er brüllte mit voller Lautstärke.

Der Baudirektor rief vom Boden: »Dafür kann ich Ihnen garantieren.«

Kuhlebert hatte keine Lust, den kleinen Boxkampf bereits zu beenden, und traf, obwohl sein Ohrläppchen schmerzte, Lindow an der Kinnspitze. Der Hauptkommissar ging zu Boden. Er landete direkt neben dem Baudirektor.

Die beiden Streifenpolizisten marschierten ab.

Hintereinander, als sei es an der Zeit, wieder in Reih und Glied zu treten.

Die Kellner waren zu vornehm, um einzugreifen. Jetzt allerdings halfen sie den beiden Herren wieder auf die Füße.

Lindow befühlte sein Kinn, bewegte den Unterkiefer, er schien nicht gebrochen zu sein, aber er schmerzte höllisch.

»Was war das für eine Truppe?« fragte der Baudirektor, der als erstes seinen Schlips wieder geraderückte.

Lindow schüttelte nur den Kopf.

Dann entstand Aufruhr im Lokal.

Die übrigen Gäste, nicht nur die, die in Mitleidenschaft gezogen worden waren, begannen ein großes Palaver. Das Ehepaar, dessen Essen mit Mänteln und Zeitungen bedeckt war, forderte lauthals die Rechnung.

Der Oberkellner brachte einen blauen Müllsack und schob in aller Gelassenheit die gesamten zu Boden gegangenen Speisen hinein. Dazu benutzte er einen silbernen Tortenheber. Lindow stand auf der Fleischplatte.

Der Baudirektor sagte: »Ich denke, wir wechseln die Lokalität.«

23

Grünenberg hätte die Angeklagten beinahe nicht wiedererkannt. Sie standen, umringt von Kollegen, vor den Zuschauerbänken und erzählten eine tolle Geschichte. »Dem haben wir es gegeben. Das hatte er aber auch verdient. Der macht so schnell den Mund nicht wieder auf.« Gejohle bei den Zuhörern. Die Helden ließen sich feiern, auch wenn sie als solche nicht zu erkennen waren.

Rapka trug eine übergroße Augenklappe und einen Rundum-Verband, der seinen Kopf bedeckte. Kuhlebert war mit einer Ohrenklappe ausgestattet, ein Arm steckte in der Schlinge. Ansonsten waren die beiden sehr vergnügt.

Der Richter betrat den Gerichtssaal durch die hintere Tür.

Grünenberg war aufgestanden, aber die Angeklagten machten keine Anstalten, ihren Platz einzunehmen.

»Meine Herren, bitte.«

Dann sah der Richter die beiden Angeklagten, die ihm bis dahin den Rücken zugewandt hatten.

»Gab es wieder einen Demonstrationseinsatz am Wochenende?« fragte er.

Heiterkeit unter den Zuhörern.

Staatsanwalt Pfeiffer warf seine Robe über. Er war an diesem Montagmorgen ein paar Minuten zu spät aufgestanden und unausgeschlafen, konnte sich aber ein Grinsen nicht verkneifen, als er die beiden bandagierten Streifenpolizisten sah.

Erst als Ruhe eingekehrt war und alle sich erhoben hatten, setzte der Richter sich.

Grünenberg war etwas verwundert. Schließlich stand die Urteilsverkündung auf der Tagesordnung. Er rechnete mit Bewährung. Die beiden Polizisten würden einen Denkzettel bekommen, aber Grünenberg glaubte nicht, dass der Richter sie die Strafe tatsächlich abbüßen lassen würde, wahrscheinlich gab es Bewährung.

Der Richter blätterte in den Akten.

Sein Gesicht mürrisch, auch er unausgeschlafen.

Mit einem Ruck erhob er sich, wartete gar nicht erst, bis auch die anderen Anwesenden es ihm gleichgetan hatten, und las mit lauter Stimme: »Im Namen des Volkes ergeht in der Strafsache Hermann Rapka und Bernd Kuhlebert das folgende Urteil: In beiden Fällen werden die Angeklagten freigesprochen.«

Langanhaltender Beifall von den Zuhörern.

Die Angeklagten schüttelten sich die Hand. Nicht zu kräftig.

Staatsanwalt Pfeiffer warf den Bleistift, den er die ganze Zeit in der Hand hielt, auf den Tisch. Er hüpfte von dort auf den Boden.

Der Richter beruhigte die Zuhörer.

Auch die beiden Verteidiger bemühten sich darum. Schließlich wollten sie auch noch die Begründung im Einzelnen hören, die der Richter vorzutragen begann.

Grünenberg notierte etwas über die Schwierigkeiten der Verhältnismäßigkeit der Mittel, die Problematik der Unterscheidung zwischen unbescholtenen und bescholtenen Bürgern. Nur der Erfahrung der beiden Polizisten sei es zu verdanken gewesen, dass sie einen Straftäter dingfest gemacht haben. Der Richter würdigte die Tatsache ausführlich, dass der Verurteilte, Franz Kandel, keine Anzeige erstattet hat, das zeige mehr als eindeutig, dass er selbst den von ihm beschriebenen Tathergang in Zweifel ziehe.

Kaum hatte der Richter seinen Urteilsspruch beendet, setzte wieder Beifall ein.

Die beiden Streifenpolizisten triumphierten. Trotz ihrer Werbung für Pflaster und Verbände.

Rapka hob die Arme, Kuhlebert reichte seine Linke zum Händeschütteln.

Staatsanwalt Pfeiffer sagte, er werde in die nächste Instanz gehen. Die Verteidiger ermunterten ihn dazu. Grünenberg überlegte, ob der Zeitpunkt gekommen sei, sein eigenes Prügelerlebnis mit diesen beiden Polizisten zur Anzeige zu bringen. Der Gerichtsdiener mahnte Zuhörer und Prozessbeteiligte, den Saal zu verlassen. Der nächste Termin stehe an.

Der Treffpunkt war gut gewählt. Die Lobby der Bürgerschaft war so öffentlich, dass sich niemand um den anderen kümmerte. Im städtischen Glaspalast hatte man einen guten Blick auf den Marktplatz, der sich bestens zu öffentlichen Kundgebungen eignete. Ein Betrachter konnte glauben, dies sei ein gläsernes Parlament, wie Brecht es gefordert hatte. Tatsächlich saß die Bürgerschaft in einer Art Schützengraben. Kein Einblick möglich.

An diesem Morgen war nicht viel Betrieb. Die Wahl stand kurz bevor, und nur wenige braungebrannte Bedienstete, die aus den Sommerferien zurückkamen, schenkten den Abgeordneten wahlweise Kaffee oder Tee ein. Eigentlich bekam jeder, der die hohen Preise in den Cafés nicht bezahlen wollte, hier ein kostenloses Tässchen. Die unermüdlichen Skatspieler hatten sich auch bereits eingefunden. Die beliebte Sportart dieses hansestädtischen Parlamentes.

Sandborg schaute sich ständig um, nervös, obwohl er auf einem bequemen Polstersessel saß.

»Hast du das Geld mitgebracht?«, begann er leise.

»Nein«, erwiderte Füller, »das war nicht unsere Abmachung.«

»So hatte ich das aber verstanden.«

»Kann ich verstehen, Friedrich.« Füller grüßte ein Mitglied seiner Partei. Großes Hallo. Ein Schwätzchen im Wahlkampf. Während Sandborg auf seinem Sessel schmorte.

Ab und zu huschte eilig eine Sekretärin vorbei.

»Du willst also nicht zahlen«, Sandborg fing die Konversation wieder an, als Füller neben ihm Platz genommen hatte.

»Doch, aber nicht bar.«

»Einen Scheck nehme ich nicht. Das Risiko ...«

»Das habe ich auch nicht gemeint.«

»Ah, Genosse Füller, schön, dass man sich trifft, wie geht es dir? Wir haben uns ja lange nicht gesehen!« Die Abgeordnete Körbel. Sie gab dem Bauunternehmer die Hand, als wolle sie sich neuerlich für das preiswerte Eigenheim in Oberneuland bedanken. Dann saßen die beiden wieder allein am niedrigen Glastisch.

»Ich glaube, du wirst auf Bares verzichten ...«, diesmal war es Füller, der das Gespräch eröffnete.

»Das würde mich wundern. Schließlich habe ich mir auf deinen Rat hin zwanzigtausend Quadratmeter auf Halde gelegt.«

»Das wirst du verschmerzen.«

»Da bin ich nicht sicher, mein Lieber.«

»Moment«, Füller erhob sich rasch. Dann sah auch Sandborg, dass der Bausenator die Lobby betreten hatte. Ein jovialer Rundling, dessen kugeliges Äußeres in drei Kreise aufgeteilt war: Gesicht, Rumpf und O-Beine.

Füller verabredete sich mit seinem Dienstherrn für die Sauna. Aber der Bausenator ließ es sich nicht nehmen, auch Friedrich Sandborg persönlich die weiche Hand zu reichen.

»Kommen wir zur Sache«, begann Füller, dem dieses ständige Aufstehen auf den Kreislauf schlug, »es wird eine Erweiterung des Universitätsgeländes geben, bereits zum Jahresende soll dort mit einem neuen Trakt begonnen werden. Wir sind der Meinung, den könnte uns die bewährte Firma Dr. Friedrich Sandborg dort hinstellen.«

Der Bauunternehmer, der gerade noch verkrampft und abwartend auf dem Sitzmöbel saß, lockerte seine Haltung und wiegte beschwingt den Kopf.

»Das ist Musik in meinen Ohren.«

»Ich wusste es, mein lieber Friedrich. Schließlich gibt es etwas, das uns verbindet.«

Sandborg nickte.

»Ich werde natürlich meine Anzeige zurückziehen. Ehrensache.«

Füller reichte ihm die Hand, das Geschäft wurde besiegelt wie auf dem Pferdemarkt.

»Ich weiß nicht«, Füller sah dabei aus dem riesigen Glasfenster der parlamentarischen Lobby, »ob das überhaupt noch nötig ist.«

Die beiden Herren trennten sich.

Lindow hatte sich einen Schlachtplan zurechtgelegt. Er wollte per Antrag das Bankgeheimnis sowie die Vermögensverhältnisse von Füller und Sandborg durchleuchten lassen, in der Hoffnung, dass dieses Vorgehen die Steuerbehörde auf den Plan rief. Dann mussten die Herren ihre Transaktionen offenlegen. Wenn das nicht eintreten sollte, hatte Lindow sich eine kleine Falle für den Leiter des Stadtplanungsamtes ausgedacht. Unter dem Vorwand einer möglichen Zahlung von Schwarzgeld sollte sich ein Polizist an ihn wenden, der, ausgestattet mit Lindows Informationen, Füller zu einer weiteren Preisgabe von Behördengeheimnissen verleiten sollte.

Kurz nach der handgreiflichen Auseinandersetzung mit den Polizisten hatten sie sich getrennt, denn Lindow überfiel eine Migräne. Daran waren weniger der Wein und die Schläge schuld, als die Erkenntnis, dass er einen Fehler gemacht hatte, indem er das Angebot zum gemeinsamen Essen mit einem Beschuldigten akzeptiert hatte. Es würde zwar jeder verstehen können, dass er so handelte, schließlich war Dr. Füller ein angesehener Bürger, der über jeden Verdacht erhaben war, aber in seiner Situation konnte Lindow es sich nicht mehr leisten, auch nur den kleinsten Verfahrensfehler zu begehen.

Das Telefon klingelte.

»Sie sind ab sofort vom Dienst suspendiert, Herr Lindow.«

Das war Matthies schneidender Ton. Mehr sagte er nicht.

Dann fiel es Lindow ein.

Montagmorgen. Er hatte die Ansprache seines Chefs verpasst, die wöchentliche Rede.

Er wollte sich persönlich entschuldigen. Verließ eilig das Büro.

Die langen Gänge im Polizeipräsidium rochen nach Bohnerwachs. Der unausstehliche Geruch schier unerschöpflicher Vorräte. Es mussten Bestände für zwei Jahrzehnte von diesem Zeug eingekauft worden sein.

Lindow beeilte sich.

Er war zu sehr mit sich selbst beschäftigt gewesen. Hatte mal wieder selbständig nachgedacht. Die Nachforschungen machten ihm Spaß. Auf keinen Fall durfte er Matthies davon erzählen. Erst wenn wirklich Bewegung in die Sache kam, wollte er ihn einweihen. Dann würde es zu einer weiteren Beschwerde seines Chefs kommen. Immerhin war Lindow verdonnert, jeden Fall bei Matthies persönlich anzumelden.

Lindow überlegte die Worte seiner Entschuldigung. Privater Ärger, die Scheidung von Helga, eine schwierige Auseinandersetzung um den gemeinsamen Hausstand. Dafür musste Matthies Verständnis haben.

Lindow klopfte an.

»Herein«, die Stimme der jungen Sekretärin.

Sie sagte nichts.

Nickte nur.

Lindow ging durch die offene Tür.

»Herr Matthies, ich möchte mich entschuldigen, dass ich heute Morgen nicht anwesend war, ich hatte eine private Auseinandersetzung mit ...«

Weiter kam er nicht.

»Eine private Auseinandersetzung nennen Sie das? Ich glaube, Sie wissen nicht, wo Sie sich befinden.«

Matthies nahm zwei weiße Formulare von dem Berg Unterlagen vor sich.

»Das hier sind Anzeigen gegen Sie. Tätliche Auseinandersetzung in einem Restaurant. Die Polizei gibt einen Schaukampf. Glauben Sie, dass das die richtige Weise ist, um in der Öffentlichkeit auf sich aufmerksam zu machen. Herr Lindow, ich denke, das war es dann. Es ist nur noch eine Frage der Zeit, wann Sie den Dienst quittieren werden. Das hier war der letzte Streich.«

Lindow blieb stumm. Rührte sich nicht von der Stelle.

»Herr Lindow, meinen Sie nicht, dass es besser wäre, jetzt von selbst zu gehen? Das meine ich verdammt ernst.«

»Herr Matthies, ich weiß, von dem diese Anzeigen geschrieben wurden ...«

»Das ist nicht schwer zu erraten.«

Die junge Sekretärin rief aus dem Nebenraum: »Mantz, auf der zwei.«

Matthies nahm den Hörer ab, sprach sehr leise, er könne im Augenblick nicht vorbeischauen, würde aber in fünf Minuten wieder anrufen.

Lindow nahm die Zeitangabe als Maßstab dafür, wie lange er sich verteidigen durfte. Fünf Minuten, das war nicht sehr lang.

»Ich habe einen Zeugen dafür, dass ich diese, diese ... Schlägerei nicht begonnen habe. Außerdem werden die Kellner des Lokals bestätigen können ...«

»Herr Lindow, ganz gleich, was da geschehen ist, ein Mitglied meiner Kriminalpolizei prügelt sich nicht in der Öffentlichkeit. Wo kommen wir denn da hin, wenn die Polizei mit solchen Auftritten Schule macht?«

Lindow setzte von neuem an. Er wusste, dass Matthies nur durch häufige Wiederholung zu beeindrucken war.

»Der Leiter des Stadtplanungsamtes, Dr. Füller, wird Ihnen bestätigen können, dass diese beiden Radaubrüder mich vom Stuhl gehauen haben. Erst als es gar zu grob wurde, habe ich ...«

Matthies schüttelte den Kopf.

»Ich will nicht fragen, was Sie mit Dr. Füller ...«, er sprach den Namen gedehnt aus, »dort besprochen haben. Aber Sie befinden sich im Irrtum. Ich habe ihn bereits zur Sache befragt, er bestätigt ausdrücklich die Version der Polizisten. Sie haben so lange provoziert, bis die beiden Kollegen sich dagegen gewehrt haben.«

Lindow sah aus dem Fenster.

Draußen schien die Sonne. Ein warmer Septembertag.

»Da werden Sie eine Menge Aussagen von den Kellnern einholen müssen, um das zu widerlegen. Ich wiederhole noch mal meinen Vorschlag: Gehen Sie von selbst!«

Lindow drehte sich um und verließ das Büro seines Vorgesetzten.

Manchmal, dachte er, ist es wirklich besser zu gehen.